BoD – Books on Demand

Lars Rose

Nichts bleibt für immer

Für F.B. für die aufgebrachte Geduld und Arbeit, die das große Ganze erst möglich gemacht hat.

Für S.W., weil man im Leben viel zu selten danke sagt.

Bibliografische Information der Deutschen Nationalbibliothek: Die
Deutsche Nationalbibliothek verzeichnet diese Publikation in der Deutschen Nationalbibliografie; detaillierte bibliografische Daten sind im In-
ternet über http://dnb.dnb.de abrufbar.

Herstellung und Verlag:
BoD – Books on Demand, Norderstedt

ISBN: 978-3-7460-1512-5

„Die Erde ist schlecht, wir brauchen nicht um sie zu trauern! Niemand wird sie vermissen." (Justine im Film „Melancholia")

10. Januar 1992: Nordpazifik an der Datumsgrenze:

Es war nicht die Dunkelheit, die mir eine solche Angst bereitete, denn daran hatte ich mich schon längst gewöhnt. Doch das ständige Poltern und Donnern war neu und machte mich extrem nervös. Ich wusste nicht genau, was diese Geräusche verursachte und hier drin hörte es sich so an, als käme es aus allen Richtungen. Ich wusste, dass ich nicht alleine war, doch ebenso wusste ich, dass mir niemand aus meiner Situation heraushelfen konnte. Niemand sagte etwas, alle versuchten ruhig zu bleiben. Ich konnte die anderen nicht sehen, doch ich spürte, dass sie sich genauso fühlten, wie ich. Wir hatten jegliches Gefühl für die Zeit verloren, seit wir hier drin waren. Es war so dunkel, dass wir den Tag nicht von der Nacht unterscheiden konnten. Auch wussten wir nicht, wo wir uns gerade befanden, oder was unser Ziel war. Es war mir nicht möglich einen klaren Gedanken zu fassen, der sich nicht um meine Angst und Unsicherheit drehte. Jedes Mal, wenn ich es versuchte, wackelte wieder alles und das nächste Donnern ließ mich aufschrecken. Obwohl wir so eng beieinanderlagen, fror ich ein wenig. Ich sehnte mich nach Freiheit, doch ich wusste genau, dass ich sie nicht erlangen konnte.

Einem besonders lauten Donnern folgte ein so heftiger Stoß, dass ich durch die Luft flog. Doch die Stille, die danach folgte, war viel schlimmer. Ich wusste nicht, ob es noch mehr Grund gab sich Sorgen zu machen, als es die Lage ohnehin schon erforderte. Ich wartete auf das nächste Donnern, um sicher zu sein, dass alles war wie vorher, doch die Stille wurde unterbrochen von einigen hektischen Rufen außerhalb. Wieder donnerte es, direkt gefolgt von weiteren Rufen, die lauter wurden.

Es traf uns völlig unvorbereitet. Aus dem nichts fielen wir in die Tiefe. Wir wurden durch die Luft geschleudert und drehten uns, ehe wir hart aufschlugen. Wieder herrschte eine unheimliche Stille, ein merkwürdiges Gefühl beschlich mich. Die Auf- und Ab-Bewegungen waren nicht mehr so stark. Es wurde nass, Wasser schien von einer Ecke hereinzufließen. Obwohl wir noch immer nichts sahen, wussten wir, dass wir untergingen. Nach und nach drang immer mehr Wasser ein. Ich spürte, wie es ganz langsam nach unten ging. Das Wasser hatte mich nun ganz eingehüllt. Je tiefer wir kamen, desto ruhiger wurde es und bald hörte das Wackeln ganz auf. Mein Herz schlug langsamer und ich wurde ruhiger. Dennoch konnte ich nach wie vor an nichts anderes denken. Wir waren noch immer gefangen und konnten uns nicht befreien. Ich wusste nicht, wie weit es noch herunterging, doch ich war mir sicher, ich würde nie wieder die Sonne sehen. Ich werde bis in alle Zeiten dort unten liegen und niemand wird mich je vermissen. Ich wurde traurig und schloss die Augen um meine Tränen aufzuhalten.

Ein Aufprall rüttelte mich wach. Danach herrschte eine solche Stille, dass ich mein Herz rasen hörte. Es kam mir vor wie Stunden, bis sich wieder etwas tat. Ich wusste nicht, warum, aber das Wasser zog mich fort. Ich hörte einige von den anderen, wie sie sich freuten. Ich fragte mich, was der Grund sein konnte. Das Wasser hörte auf, mich zu ziehen, als der Container über meinem Kopf verschwand. Zunächst war ich überrascht, doch als ich nach und nach immer weiter aufstieg, fing auch ich an, mich zu freuen. Meine Befürchtungen hatten sich nicht bestätigt. Ich wusste jetzt, dass ich nicht für immer hier unten bleiben würde. Ich hatte große Erwartungen an dieses Leben in Freiheit, doch gleichzeitig hatte ich Angst, vor dem Unbekannten.

Die Zeit unter Wasser verging langsam, und da ich noch immer nicht sehr weit aufgestiegen war, beschlich mich ein unheimliches Gefühl. Ich war mir nicht sicher, ob es wirklich real war, oder ob ich es nur träumte. Ich hatte Angst, als ich aufstieg, weil ich nicht wusste, ob einer der anderen in meiner Nähe war. Hin und wieder streifte mich eine schnelle Bewegung und ich zuckte zusammen. Ich befürchtete, dass mich irgendein Tier fressen könnte. Wenn ich doch nur irgendetwas sehen könnte, würde ich mich besser fühlen.

Was war das? Mich hat schon wieder etwas berührt. War das einer meiner Freunde? Nein, das kann nicht sein. Habe ich da etwas gehört? Kommt da irgendetwas auf mich zu? Nein, das muss eine Einbildung gewesen sein, es ist alles still. Vielleicht sollte ich einfach versuchen, ein wenig zu schlafen. Das wäre bestimmt das Beste. Ist das da bereits ein

Licht über mir? Ich bin mir nicht sicher. Kann ich wirklich schon so nah an der Oberfläche sein. Nein, ich hatte mich wieder geirrt.

Die Dunkelheit machte mich wahnsinnig. Ich hatte bereits Halluzinationen davon und ich wusste nicht mehr, was hier unten real oder eingebildet war. Ich freute mich schon auf den Moment, in dem ich die Oberfläche des Wassers durchstoße und endlich wieder die frische Luft einatmen konnte. Vor Angst war mir heiß, es kam mir vor, als würde das Wasser zu kochen beginnen. Jedes Mal, wenn ich wieder eine Berührung spürte, wurde ich panischer. Ich wusste nicht, wie lange ich es noch aushalten würde. Ich sehnte mich nach etwas Licht. Nur genug, um alles um mich herum sehen zu können, damit ich keine Angst mehr vor der Ungewissheit haben musste. Ich verfluchte mich dafür, dass ich mich darauf gefreut hatte, freizukommen. Ich sehnte mir etwas Sicherheit herbei. Die Angst fraß mich auf. Ich wollte endlich nach oben, es ging mir nicht schnell genug.

Ich glaubte, endlich etwas sehen zu können. Es war noch nichts Deutliches, doch es war so, als würde das erste Licht des Himmels zu sehen sein. Ich wusste nicht, ob es wieder nur eine Einbildung war, daher schloss ich meine Augen und versuchte herunterzukommen. Ich redete mir ein, dass ich ruhig bleiben musste. Ich musste geduldig sein. Nachdem ich bis zehn gezählt hatte, öffnete ich die Augen wieder. Die Tränen stießen mir vor Freude in die Augen, als ich das Licht immer noch sah. Es war nur ein schwacher Schimmer und es war nichts zu erkennen, doch es reichte mir, da ich nun wusste, dass es nicht mehr so lange dauern konnte.

Mit der Zeit wurde es zunehmend heller, doch die Helligkeit blitzte stets nur für wenige Sekunden auf, um dann für eine ebenso lange Zeit wieder zu verschwinden. In den kurzen Augenblicken versuchte ich mich zu konzentrieren, um etwas zu erkennen. Direkt neben mir erkannte ich die unscharfen Umrisse einer meiner Freunde. Sein Anblick machte mich so froh, dass ich die Ängste vergessen konnte. Es verging nicht viel Zeit ehe ich, wenn auch nur in Umrissen, meine Umgebung beobachten konnte. Die Zeit, in der das Licht da war, war zu kurz, um wirklich etwas erkennen zu können. Ruhig schaute ich durch das milchig-trübe Wasser und war nun plötzlich so entspannt, dass ich es kaum mitbekam, wie ich die Wasseroberfläche durchstieß. Meine

Hoffnung auf Sonne wurde zunächst nicht erfüllt. Zumindest wusste ich jetzt, woher das Donnern und Poltern kam. Es regnete extrem stark, es blitzte und donnerte ständig und der starke Wind machte das Wetter echt unangenehm. Der Sturm musste den Container von Bord gestoßen haben. Obwohl ich nun wieder über Wasser war, konnte ich nur relativ wenig sehen, da die Gewitterwolken jegliches Licht abfingen. Nur wenn es blitzte, wurde das Meer erhellt. Ich erkannte, dass viele der anderen es auch schon an die Oberfläche geschafft hatten. Ich kannte viele von ihnen. Obwohl wir alle einige Unterschiede haben, sind wir doch gleich. Und jetzt sind wir frei. Jeder von uns wird etwas anderes erleben, doch keiner wird die Erlebnisse je vergessen. Ich schaute mich um. Überall waren wir, immer wieder tauchte jemand aus den kalten Fluten auf und erblickte die Freiheit. Ich war glücklich, dass wir es geschafft hatten. Jetzt war ich gespannt darauf, was mich erwarten würde.

15. Februar 1996: Milford Haven, Wales:

Nach und nach zogen immer mehr Wolken auf, die zunehmend dunkler wurden. Es wurde kühler und der Wind frischte auf. Ich war beeindruckt vom Anblick der Landschaft, die sich vor mir erstreckte. Was ich sah, war wunderschön und abwechslungsreich zugleich. Ich war fasziniert vom wundervollen goldenen Strand entlang der Küste. Der Leuchtturm streckte sich hoch empor gen Himmel. Noch war es hell, doch schon in wenigen Stunden, würde er im Einsatz sein. Um den Strand herum taten sich meterhohe Klippen auf und es wirkte, als wollten sie die Wolken berühren. Das grau-schwarze Gestein bildete den Kontrast zum hell aufstrahlenden Strand, und wenn die Wolken noch ein wenig zuzogen, wäre es das perfekte Motiv für ein Schwarz-Weiß-Bild gewesen. Das Meer trieb mich immer näher an die Küste heran, sodass ich immer mehr Details erkennen konnte.

Neben mir tauchte eine Möwe in das Wasser ein und angelte nach einem Fisch. Mit fetter Beute im Schnabel tauchte sie wieder auf und flog zum Strand, um sich dort genüsslich den Fisch schmecken zu lassen. Ihr wunderschön glänzendes

Gefieder passte genau in die Umgebung. Ich schaute mich weiter um und glaubte, einen Seehund gesehen zu haben. Der ausklingende Tag wurde von allerlei Geräuschen begleitet. Die Möwen und anderen Seevögel schrien wild durcheinander. Am Ufer hörte man gelegentlich die Stimmen von Menschen die aufgeregt zu sein schienen. Der Wind hatte Wellen heraufbeschworen, die nun kraftvoll an die Klippen schlugen und dabei ein sanftes Dröhnen von sich gaben. Auch mich trieb es immer näher an den Fels heran. Ich schaute in den Himmel und bemerkte, dass die Wolken nun schon extrem dicht waren. Es dauerte nicht mehr lange und es würde dunkel werden, früher als es in den letzten Tagen der Fall war.

Der Sturm war heftiger, als ich es erwartet hatte. Es regnete stark und blitze und donnerte. Auch der Wind hatte noch einmal zugelegt. Ich fühlte mich an jene Nacht vor einigen Jahren erinnert. Bei jeder Welle stieß ich an die kalte Felswand der Klippe. Im Leuchtturm brannte das Licht und wies einem großen, immer näherkommenden Schiff, den Weg. Es fuhr in einigen Metern Entfernung an mir vorbei und die Welle, die das Schiff dabei erzeugte, war so enorm, dass sie mich mit voller Wucht gegen die

Felswand schleuderte. Es fuhr am Strand vorbei und hielt auf die Einbuchtung in den Klippen zu. Das Schiff bremste stark ab. An Land fuchtelten einige Menschen wild mit den Armen umher und riefen durcheinander. Eine Welle erfasste mich und drückte mich kurz unter Wasser. Als ich wiederauftauchte, blickte ich auf die Klippen, die im Dunkel der Nacht ein wenig unheimlich aussahen. Irgendwo hinter den Klippen schlug ein Blitz ein und ließ den dunklen Felsen für einen kurzen Moment weiß erscheinen. Ich hatte das Schiff für einen Augenblick vergessen, doch ein grausiges Quietschen ließ mich aufschrecken. Es war nur ein kurzer Ton, doch kurz darauf folgte ein weiteres Quietschen. Die Rufe der Menschen am Rand wurden lauter und aufgeregter. Ich hatte nicht alles gesehen, doch ich wusste, was passiert war. Die Wellen brachten das Schiff immer wieder bedrohlich nahe an die Felsen heran. Meine Augen wurden müde durch die ständige Dunkelheit. Immer und immer wieder fielen mir die Augen unkontrolliert zu. Zunächst wehrte ich mich dagegen, da ich den Verlauf der Situation beobachten wollte, doch dann beschloss ich, die Szenerie morgen weiter zu beobachten, wenn es hoffentlich heller war, und ich schlief, unter dem monotonen, metallischen Hämmern, ein.

Ich erwachte mit einem stechenden Geruch in der Nase. Als ich die Augen öffnete, bemerkte ich, dass es noch immer regnete und stürmte, doch zumindest das Gewitter hatte aufgehört. Ich schaute um mich herum in das Wasser und sah einen ungewöhnlichen, leichten Schimmer. Der Geruch kam ebenfalls aus dem Wasser und ich wusste, dass es noch mehr werden würde.

Die Tage und Wochen vergingen, in denen mich der noch immer nicht nachlassende Wind, immer wieder gegen die Klippen schleuderte. Man hatte wiederholt versucht, das Schiff zu bergen und aus der Schräglage zu befreien, doch das Wetter machte allen Bemühungen einen Strich durch die Rechnung. Die Ölschicht um mich herum wurde fester und zäher. Hin und wieder stieß von unten ein toter Fisch an mich heran, um im nächsten Moment von den Wellen davongetragen zu werden. Wieder sah ich eine Möwe, die herbeigeflogen kam und in der Luft ihre Kreise zog, um auf Futtersuche zu gehen. Ich war mir nicht ganz sicher, aber ich meinte, dass es sich um die gleiche Möwe handelte, die ich bereits vor einigen Wochen gesehen hatte. Sie hatte etwas entdeckt und setzte zum Sturzflug an. Am liebsten hätte ich ihr zugerufen, dass sie es nicht tun sollte, doch ich wusste, dass es nichts genutzt hätte. In jenem Moment, in dem die Möwe in das ölgetränkte Wasser eintauchte, realisierte sie, dass sie in eine Falle getreten war, aus der es kaum ein Entrinnen gab. Sie hatte es zwar geschafft, einen Fisch zu fangen, allerdings war dieser bereits tot und die Möwe schaffte es auch nicht mehr, aus dem Wasser zu entkommen. Sie schlug wie verrückt mit ihren Flügeln, um das Öl von ihrem Gefieder zu bekommen, doch es gelang ihr nicht. Jeder Versuch aus dem Wasser zu kommen scheiterte an dem zusätzlichen Gewicht des Öls, das sich in den Federn gesammelt hatte. Immer wieder tauchte sie unter Wasser, um den Schmutz zu lösen, doch stattdessen wuchs mit jedem Mal die Verzweiflung, weil es wieder nicht funktionierte. Mit der letzten Kraft und unter scheinbar großen Schmerzen gelang es ihr letztlich doch und sie flog an den Strand, um sich dort auszuruhen. Ihr Gefieder war schwarz und verklebt. Sie hatte es geschafft aus dem Wasser zu kommen, doch sie würde nicht überleben können. Es war nur eine Frage der Zeit, bis sie starb.

Der Wind drehte, sodass mich die Wellen nun allmählich von der Küste forttrieben. Ich blickte auf den sich entfernenden Strand und bemerkte am Rand eine schwarze Verfärbung. Das Öl hatte sich abgesetzt und auch der Rest des Strandes, der weiter an Land war, wirkte dunkler als vorher. Ich beobachtete noch ein wenig die Möwe, die regungslos am Strand lag, und sich nicht mehr aufrappeln konnte. Die aufragenden Klippen bedeckten die letzten Reste der Wolken. Wenn man nicht genau hinsah, wirkte die Landschaft aus der Ferne noch immer unberührt. Neben den Klippen stand das Schiff noch immer ein wenig schräg. Viele Männer versuchten es aufzurichten, doch bisher war es ihnen noch immer nicht gelungen. Mit Wehmut schaute ich noch ein letztes Mal alles an, bevor die Küste komplett aus meinem Sichtfeld verschwand. Der Wind wurde schwächer und schwächer, bis er schließlich ganz verebbte. Auch die letzten Reste der Wolken hatten sich nun aufgelöst und die Sonne strahlte wieder mit der vollen Kraft. Mit dem ausklingenden Tag dachte ich noch ein letztes Mal an das, was hier geschah.

11. September 2001: New York, USA

Es war ein wunderschöner Morgen, die Sonne er-
wärmte die spätsommerliche Luft. Die Stadt lebte
in Enge und Hast. Selbst hier draußen konnte ich
die Hupen der Autos hören, das aufgeregte Geschrei der Menschen. Die Stadt war groß und laut,
dennoch schienen alle glücklich zu sein. Viele Menschen gingen an diesem Morgen am Wasser entlang.
Die meisten von ihnen waren in Eile, und schauten
kaum auf ihre Umgebung. Einige hatten ihre Mo-
biltelefone in der Hand und konnten nicht davon
ablassen. Auch die junge Frau nicht, die direkt vor
mir stehen blieb. Sie wirkte gestresst, wenn auch auf
eine andere Art und Weise. Sie war so sehr in ihr
Telefongespräch vertieft, dass sie alles andere um
sie herum nicht wahrzunehmen schien. Ihre
Stimme wurde lauter und sie begann, mit der Person
auf der anderen Seite zu streiten. Sie verabschiedete
sich wütend und legte dann auf. Die Frau atmete
deutlich hörbar aus und schüttelte den Kopf. Sie
schloss für einen Moment ihre Augen, um wieder
zur Ruhe zu kommen. Ein Vogel flog nur knapp
über ihrem Kopf hinweg und war so schnell wieder
fort, wie er gekommen war. Mein Blick fiel wieder

auf die Frau, die genau in diesem Moment ihre Augen wieder öffnete und sich zu mir umdrehte. Sie schien zunächst verwirrt zu sein, als sie mich erblickte, und rieb sich die Augen. Doch als sie realisierte, dass ich wirklich da war, erkannte ich ein Lächeln auf ihren Lippen. Sie ging noch ein paar Schritte auf mich zu, ehe sie direkt am Wasser stand. Sie bückte sich, um mich aufzuheben und schaute mich dabei lächelnd an. Mit beiden Händen umfasste sie mich. Mir wurde warm, als ich das noch morgendlich-kühle Wasser verließ. Die Frau holte ein Taschentuch aus ihrer Handtasche und wischte mich trocken. Danach nickte sie und steckte mich zufrieden ein.

Ich konnte nicht sehr viel erkennen, doch da die Frau ihre Handtasche nicht schloss, konnte ich zumindest in den Himmel sehen. Ich spürte anhand der Bewegungen, dass die Frau ging, doch ich wusste weder wohin, noch, was mich dort erwartete. Nach einigen Minuten blickte ich auf die Decke eines Busses, und sie setzte sich hin. Die Fahrt dauerte ebenfalls nur wenige Minuten, bis die Frau wieder ausstieg und ihren Weg zu Fuß fortsetzte. Nach einer Weile kamen wir in ein Gebäude. Die

Frau begrüßte einige Menschen, die sie unterwegs traf, allerdings sah ich niemanden. Als sie das nächste Mal stehenblieb, hörte ich ein merkwürdiges Piepsen. Dann ging sie ein paar Schritte und ich wusste, dass wir in einem Aufzug waren. Wir fuhren sehr lange nach oben, allerdings hielten wir immer wieder an, um neue Personen ein- oder aussteigen zu lassen. Jedes Mal, wenn der Aufzug anfuhr, spürte ich ein merkwürdiges Kribbeln am ganzen Körper. Mir wurde allmählich langweilig in der Handtasche, deshalb war ich froh, dass wir endlich unser Zielstockwerk erreicht hatten. Die Frau ging durch einige Türen hindurch und stellte ihre Tasche ab. Sie öffnete sie noch ein Stück und holte mich heraus. Die Tasche stand auf ihrem Schreibtisch und ich befand mich in einem Büro, in dem viele Personen saßen und ihre Arbeit am Computer verrichteten. Sofort blickte ich mich um und ich kam nicht mehr aus dem Staunen heraus.

Die Aussicht war atemberaubend. Von hier oben konnte man die gesamte Stadt überblicken. Der Himmel sah noch viel schöner aus, als vom Boden. Ich wusste nicht, wie hoch wir waren, doch es war sehr hoch. Das Büro schien höher zu sein, als die

Sonne, die erst nach und nach höher stieg. Die Frau, die mich mitgenommen hatte, setzte sich an ihren Schreibtisch und fuhr ihren Computer hoch. Bis sie daran arbeiten konnte, vertrieb sie sich die Zeit damit, sich mit ihren Kollegen zu unterhalten. Sie war fröhlich und freundlich und auch ihre Kollegen hatten gute Laune.

Die Frau arbeitete schon eine Weile, als sie sich das erste Mal einen Schluck von ihrem Kaffee gönnte. Ich verstand nichts von ihrer Arbeit, doch ich hatte die Vermutung, dass es wichtig war. Niemand sagte jetzt etwas, alle waren zu sehr mit ihrer Arbeit beschäftigt. Ich vertrieb mir die Zeit damit, aus dem Fenster zu schauen. Obwohl ich mich schon daran gewöhnt hatte, war ich noch immer fasziniert von der Aussicht. Es kam mir wie ein Traum vor, dass ich dies hier erleben konnte. Ich drehte mich um und schaute zur anderen Richtung aus dem Fenster, doch hier war die Sicht nicht so spektakulär. Ein ebensolcher Turm, wie der in dem ich mich befand, stand dort und versperrte die Sicht auf die umgebende Landschaft. Nur rechts und links sah man einen schmalen, hellblauen Streifen, an dem man vorbeischauen konnte. Wenn ich mich ganz stark anstrengte, konnte ich einzelne Menschen im

23

gegenüberliegenden Gebäude sehen, die ebenfalls an ihren Schreibtischen saßen und arbeiteten. Als mir selbst die Aussichten keine Abwechslung mehr verschafften, versuchte ich im Büro neue Dinge zu beobachten. Auf dem Schreibtisch der netten Frau zum Beispiel standen einige Fotos, die wohl ihre Familie zeigten. Auf einem ist sie mit einem Mann zu sehen, der ein blaues Hemd trug. Sie lehnten ihre Köpfe aneinander und wirkten glücklich. Auf einem anderen sah ich eine weitere junge Frau, die ihr ähnlich sah, also vermutlich ihre Schwester war und zwei ältere Menschen, wahrscheinlich ihre Eltern. Besonders das letzte Foto fand ich wunderschön. Es zeigte einen etwa zweijährigen Jungen, der verspielt in die Kamera schaute. Die Frau hatte bestimmt ein Riesenglück, dass sie eine so tolle Familie hat.

Die Ruhe im Büro wurde unterbrochen vom Motorengeräusch eines Flugzeuges. Niemand sonst schien es gehört zu haben, denn jeder arbeitete weiter, als wäre nichts gewesen. Doch ich bildete es mir nicht ein, auch wenn ich nichts erkennen konnte. Das Geräusch wurde lauter und irgendwann wunderte sich auch die Frau darüber und hielt mit ihrer

Arbeit inne. Jetzt endlich konnte ich das Flugzeug sehen. Es war noch weit weg und flog ziemlich tief. Zudem schien es noch weiter zu sinken. Die Menschen im Büro wirkten angesichts der ungewissen Situation etwas nervös und waren nicht in der Lage weiter zu arbeiten. Alle schauten nur aus dem Fenster. Wie in Zeitlupe kam das Flugzeug näher, doch es stieg noch immer nicht. Ich spürte bei jedem hier im Raum, dass er panische Angst hatte, doch niemand konnte sich bewegen. Die Details des Flugzeugs wurden deutlicher, noch immer wirkte es unheimlich langsam. Es kam näher und näher, es gab nun keinen Zweifel daran, dass das Flugzeug den Turm treffen würde. Auch ich hatte nun Angst. Dann gab es einen lauten Knall und ein Feuerball erschien vor dem Fenster. Die Menschen schrien wild durcheinander.

Das Flugzeug war nur wenige Etagen unter uns in den Turm eingeschlagen. Dichte Rauchschwaden stiegen am Fenster empor und vernebelten die Sicht. In ihrer Panik versuchten die Menschen, einen Fluchtweg zu suchen. Einige gingen zu den Treppen und versuchten nach unten durchzukommen, doch kurz darauf kamen sie hektisch wieder.

Hinter ihnen stiegen auch aus dem Treppenhaus Rauch und Hitze auf. Die Menschen wussten, dass sie hier nicht mehr herauskamen und hofften, dass das Feuer gelöscht werden konnte. Doch bis dahin mussten sie ausharren.

Es waren bereits etliche Minuten vergangen, in denen sie auf und ab gingen und die Rettung herbeisehnten. In einem Schwall weniger dichter Rauchwolken war es mir möglich, endlich mal wieder aus dem Fenster zu sehen. Doch statt eines schönen Ausblicks, der mich vielleicht ein wenig beruhigen könnte, sah ich ein weiteres Flugzeug, das sehr tief über der Stadt flog. Es kam näher und ich fühlte mich erinnert an den Einschlag in unseren Turm. Das Flugzeug verfehlte uns diesmal knapp und schlug stattdessen in den benachbarten Turm ein. Wieder schoss ein Feuerball in den Himmel und auch aus dem anderen Turm stiegen die Rauchschwaden auf. Die Menschen hier im Büro hatten es alle mitbekommen und schrien nun noch panischer umher. Die Ersten fingen bereits an zu husten, durch den Rauch, der in ihre Nase stieg. Die Frau, die mich hierher mitgenommen hatte, fing gemeinsam mit einigen Kollegen an, zu beten. Ich betete mit ihnen, weil ich nicht wusste, was ich sonst hätte tun sollen. Ich beobachtete die Frau, wie sie mit Tränen in den Augen die Bilder auf ihrem Schreibtisch anschaute. Sie dachte an ihre Familie und musste weinen.

Die ersten Menschen sanken bereits zusammen, ob durch den Stress oder durch den Rauch wusste ich nicht. Doch auch die anderen husteten nun fast ununterbrochen. Ein seltsamer lauter Knall ließ alle Menschen aufhorchen. Es herrschte Totenstille, weil niemand wusste, woher der Knall kam. Auf der Seite, wo sich der andere Turm befand, war die Rauchentwicklung nicht so groß, daher konnten wir sehen, wie er zusammenbrach. Die Stelle, an der das Flugzeug eingeschlagen hatte, hielt der Belastung nicht mehr stand und sackte zusammen. Um den Turm herum entstand eine riesige Staubwolke, die sich nach unten bewegte. Mit rasender Geschwindigkeit fiel der Turm in sich zusammen und schoss gen Boden, so gerade, dass man glaubte, er würde sich in die Erde bohren. Die Stille der Menschen im Büro wurde unterbrochen von einem entsetzten Aufschrei, ehe sie sich ungläubig die Hände vor das Gesicht hielten. Nachdem das Donnern des Einsturzes verhallt war, wurde es gespenstisch. Für viele Sekunden wagte es niemand, etwas zu sagen.

Dann ging alles ganz schnell. Die Menschen liefen wild durcheinander und brüllten. Ihre Augen strahlten reine Panik aus und sie wussten, dass ihr Turm ebenso einstürzen würde. Einige Menschen stellten sich an das Fenster und schauten kurz hinaus. Dann wurde das erste Fenster geöffnet. Der Husten der Menschen wurde wieder stärker und der erste Mann fasste den Mut und sprang. Er wusste, dass er das nicht überleben würde, doch es schien ihm lieber gewesen zu sein, als durch die Flammen und den Rauch zu sterben. Er wollte nicht vom Turm begraben werden. Angesichts der aussichtslosen Situation folgten ihm noch weitere. Die Frau war nicht dabei. Sie setzte sich auf ihren Stuhl und wirkte gefasst. Wieder schaute sie ihre Fotos auf dem Schreibtisch an und weinte. Sie nahm sie nacheinander in die Hände und betrachtete sie eindringlich. Dann nahm sie alle gleichzeitig und drückte sie ganz nah an ihren Körper heran. Sie schloss ihre Augen und legte ihr Gesicht auf den Schreibtisch. Sie sagte kein Wort mehr. Außer einem gelegentlichen Husten tat sie nichts mehr. Ich beobachtete sie noch ein paar Minuten, bis die Farbe aus ihrem Gesicht gewichen war. Von den wenigen Menschen, die nun noch im Raum waren und lebten, lagen nun alle auf dem Boden, krümmten sich bei jedem Hustenanfall und waren kurz davor zu sterben. Wieder hörte ich einen Knall. Ich wusste, was er bedeutete, daher bereitete ich mich darauf vor.

Es kam mir vor wie quälend lange Sekunden, ehe sich der Turm abwärts bewegte. Obwohl ich wusste, dass es mit rasender Geschwindigkeit hinunter ging, kam mir alles vor, wie in Zeitlupe. Es war, als würde mich der Aufzug, mit dem ich vorhin gekommen bin, langsam wieder nach unten lassen, damit ich die Bilder in meinem Kopf behalten konnte. Die leblosen Körper der Menschen hoben für einen kurzen Augenblick ab, und schienen zu schweben. Staub, Sand und Steine kamen langsam durch die Fenster herein und breiteten sich im Raum aus. Ich sah einen Vogel, der nichtsahnend am Turm vorbeiflog und dabei in der Luft zu stehen schien. Flammen und Rauch kamen hinzu und mehr und mehr verdunkelte sich der Raum. Die Menschen wurden allmählich begraben und verschwanden unter einer immer dicker werdenden Schicht Staub. Ich dachte an die Frau und ihre Familie, die Bilder gingen mir durch den Kopf. Der Staub kam von allen Seiten. Ich konnte nichts anderes mehr sehen. Die gelblich-graue Wolke aus

Trümmern wurde ganz langsam dunkler, bis ich nur noch Schwarz sehen konnte.

Ich öffnete meine Augen, doch ich konnte trotzdem nichts erkennen. Ich spürte, dass ich unter den Trümmern begraben war. Ich wusste nicht, wie lange ich schon hier lag und wie lange ich noch hier bleiben musste. Ich war traurig, wenn ich an all die Menschen denken musste, die gestorben waren. Überall um mich herum war Staub, ich musste husten. Die Stille hier unten war beklemmend, auch weil ich nicht wusste, wie es weitergehen würde. Ich hatte Angst und wollte diesen einen Tag einfach nur so schnell wie möglich vergessen.

Es war bereits eine halbe Ewigkeit vergangen, als ich das erste Mal wieder eine menschliche Stimme hörte. Es war zunächst nur ein dumpfes Dröhnen, doch mit der Zeit wurde es immer deutlicher. Ich hatte Hoffnung, dass ich endlich aus meinem dunklen Loch herauskommen würde. Ich erkannte an der Stimme, dass es ein Mann war, der dort redete. Die ersten schwachen Lichtstrahlen drangen zu mir durch. Ich konnte zumindest erkennen, dass über mir Geröll und Steine lagen. Nach und nach wurden die Steine von Händen umfasst und zur Seite geworfen. Es dauerte einige Minuten, bis ich das Gesicht des Mannes erblicken konnte. Seine Augen waren gezeichnet von Trauer, das Gesicht und die Haare waren voller Staub. Über seinem Mund und seiner Nase hatte er einen Mundschutz gegen den Staub übergezogen. Darunter konnte ich nicht erkennen, ob er lächelte, als er mich erblickte, doch in seinen Augen breitete sich in diesem Moment ein Glänzen aus. Behutsam nahm er mich aus den Trümmern und starrte mich für eine Weile an. Er weinte und wischte sich mit seinen Handschuhen über die Stirn. Er stieg den Trümmerberg herab und setzte mich etwas abseits vorsichtig auf den Fußboden. Er trug eine Feuerwehruniform und schaute mich noch einmal an, ehe er sich wieder an die Arbeit machte und die Trümmer durchsuchte.

Die Stadt wirkte nur noch grau. Der ganze Boden war übersät von Steinen, Beton, Metallteilen und sonstigen Überresten des Turmes. Der Ort des Absturzes glich einem Schlachtfeld. Unzählige Menschen liefen herum und halfen dabei, die Trümmer zu beseitigen, niemand sagte etwas. Jedem Menschen hier war anzumerken, dass sie entsetzt waren. Sie hatten etwas Derartiges noch nie erlebt und wussten nicht, wie sie mit der Situation fertig werden sollten. Obwohl keine einzige Wolke am Himmel war, schien auch der Himmel grau zu sein. Der Rauch, der wenigen noch verbleibenden Brandstellen und der aufgewirbelte Staub, verdunkelten die Stadt. Die Stimmung war bedrückend, die Kälte zog sich allmählich in alle Glieder. Kälte, die es trotz der spätsommerlichen Mittagsluft gab. Ich wusste noch nicht, was genau hier passiert war, niemand wusste es bisher genau. Doch das war egal, denn es war deutlich zu spüren, dass die ganze Stadt, die ganze Welt trauerte. Ich dachte noch ein letztes Mal an die Frau, an ihre Familie. Ich dachte an all die Familien, deren Leben sich heute komplett änderte.

26. Dezember 2004: Banda Aceh, Indonesien:

Der Morgen war schwül und drückend. Das Meer war ruhig und idyllisch. Die Blätter der Palmen säuselten sanft im Wind. Der goldgelbe Strand funkelte im Sonnenlicht, einige kleinere Tiere gingen darauf spazieren, ehe die Menschen aus den Hotels kamen. Doch zunächst waren es die Einheimischen, die sich auf den Weg machten, um zu ihrer Arbeit zu gehen. Die Touristen hatten die gestrige Nacht noch lange im Freien verbracht und mit Kerzen gefüllte Ballons in den Himmel steigen lassen. Sie wirkten wie glückliche Familien, die sich das ganze Jahr auf den gemeinsamen Urlaub gefreut hatten. Die Einheimischen waren glücklich über die vielen Touristen. Es war eine gute Saison. Ich genoss noch eine Weile die Ruhe, ehe ich den Trubel des Tages mitverfolgen konnte. Ich freute mich darauf, die Kinder zu sehen, wie sie am Strand spielten und im Meer herumplanschten. Ich genoss, wie die Sonne allmählich stärker wurde und meinen Körper immer mehr aufheizte.

Ich hatte meine Augen geschlossen, als ich das erste Wackeln verspürte. Ich schaute auf und sah, dass eine kleine Welle an den Strand zog. Doch das Wackeln fühlte sich nicht an, wie eine Welle. Es war nur eine sanfte Bewegung, ein leichtes Zittern gewesen. So plötzlich, wie das Zittern kam, hatte sich das Meer auch wieder beruhigt. Ich schaute zu den Menschen im Ort und beobachtete, dass sie nichts bemerkt hatten. Ich schaute mich einmal komplett um, doch das Meer war ruhig, keine einzige Welle kam auf mich zu. Ich dachte mir nichts weiter dabei

und beobachtete wieder die allmorgendlichen Be-
schäftigungen der Einheimischen. Ich begann gerade, daran zu glauben, dass ich es mir nur eingebildet hatte, als ich ein zweites Zittern spürte. Wie
beim vorigen Mal dauerte es wieder nur wenige Sekunden und verursachte nur vereinzelte kleine Wellen. Ich war mir nun sicher, dass ich es mir nicht
eingebildet hatte, was mich allerdings nicht wirklich
beruhigte. Ich hielt für einige Sekunden die Luft an
und konzentrierte mich auf meine Umgebung.
Nichts hatte sich verändert, alles war, als hätte es
das Zittern nicht gegeben.

Es war kaum eine Minute vergangen, als es das
dritte Mal wackelte. Doch dieses Mal war es anders,
die Vibration des Bodens war viel stärker als zuvor.
Nun waren es höhere und stärkere Wellen, die auf
den Strand zutrieben. Obwohl die Wellen mich auf-
schaukelten, konnte ich sehen, dass auch die Menschen am Strand dieses letzte Zittern gespürt hatten, da sie nun mit verwunderten Blicken auf das
Meer schauten. Ich wartete gespannt darauf, was
weiter passierte. Die Wellen wurden schwächer. Ich
wartete eine Minute, wartete zwei Minuten, doch
nichts passierte. Es war so still wie zuvor. Alles
schien normal zu sein, mit der Ausnahme, dass sich

das Meer immer weiter zurückzog. Das Wasser unter mir verschwand, weiter immer weiter, bis ich schließlich im kühlen Sand lag. Ich blickte hinter mich und konnte nicht erkennen, wie weit sich das Wasser zurückgezogen hatte. Ich kam nicht von der Stelle und fragte mich, wann das Wasser zurückkommen würde. Die Sekunden vergingen und es stellte sich ein Dröhnen ein und der Sand unter mir vibrierte. Doch es war anders. Die Vibration kam nicht aus der Erde, sondern aus einer anderen Richtung. Ich schaute nach hinten, und erkannte, dass das Wasser zurückkam. Doch es kam nicht so langsam, wie es verschwand. Mit rasender Geschwindigkeit stürmte das Wasser auf den Strand zu und türmte sich dabei zu meterhohen Wellen auf. Die Fischerboote, die sich dem Wasser in den Weg stellten, wurden einfach umgeworfen und von den Fluten mitgerissen. Das Dröhnen wurde stärker, je näher die Welle kam. Ich war gelähmt von der Größe der Welle. Die Wassermassen rissen mich mit und ich tauchte unter.

Obwohl ich um die Geschwindigkeit der Wellen wusste, kam es mir vor, als würde ich in Zeitlupe auf das Ufer zutreiben. Als mein Kopf untertauchte, hörte das Dröhnen des Meeres auf. Ich wurde hoch und runter geschleudert, einige Fische kamen an mir vorbei. Ich versuchte, aus der Welle herauszuschauen, um zu sehen, was passierte, doch die Wellen schleuderten mich jedes Mal so wild umher, dass ich nicht mehr wusste, wo oben und unten war. Die Zeit unter Wasser schien immer schneller vorbei zu ziehen, alles in mir drehte sich. Als ich mit voller Wucht gegen eine Hauswand knallte, wusste ich, dass die Welle bereits das Land erreicht hatte. Immer stärker wurde ich gegen die Wand gedrückt, bis sie schließlich nachgab, und die einzelnen Stücke von den Fluten mitgerissen wurden. Das Wasser wurde immer schmutziger, immer mehr Dreck wurde in die Wellen gespült. Steine, Äste und Tiere flogen immer wieder ganz knapp an meinem Kopf vorbei. Eine Frau wurde ebenfalls vom Wasser erfasst und ihr Fuß schleuderte gegen meinen Körper. Ich konnte einen kurzen Blick auf ihr Gesicht erhaschen und sah in ihrem Blick, dass sie sich des Todes sicher war. Das eine oder andere Mal schaffte sie es noch, ihren Kopf aus dem Wasser zu strecken und nach Luft zu schnappen. Sie hatte starke Schmerzen und konnte sich nur mit Mühe bei Bewusstsein halten. Obwohl sie wusste, dass sie nicht aus dem Wasser kommen konnte, kämpfte sie um ihr Leben. Ein großer Stein oder ein Stück einer Hauswand traf sie am Kopf und ich konnte in ihren Augen sehen, wie das Leben aus ihrem Körper entschwand und sich ihre Lungen mit Wasser füllten.

Immer wieder kamen Menschen an mir vorbei gerauscht, einige waren schon tot, andere ließen unter Wasser einen lautlosen Schrei entgleiten. Alle paar Sekunden wurde ich von irgendwelchen Trümmern getroffen, ich wollte mir nicht ausmalen, was die Welle alles anrichtete. Nach einer Weile entdeckte ich eine junge Einheimische, die ihr Baby in der Hand hielt. Obwohl das Wasser einen solchen Druck auf sie ausübte, schaffte sie es, das Baby nicht loszulassen. Sie konnte es nicht alleine lassen, sie wollte nicht alleine sterben. Obwohl wir unter Wasser waren, glaubte ich eine Träne auf ihrer Wange gesehen zu haben. Noch immer ihr Kind umklammert, entschlief sie und ich beobachtete sie, bis sie aus meinem Blickfeld verschwunden war. Es wurde zunehmend schwieriger, etwas in dem trüben Wasser zu erkennen, da es sich bereits dunkelbraun gefärbt hatte. Mit der Zeit konnte ich nur noch die Umrisse von Menschen und Gegenständen erkennen. Doch plötzlich tauchte ein Junge vor mir auf.

Er war vielleicht zehn Jahre alt und versuchte, sich schützend seine Hände vor das Gesicht zu halten. Seine Kappe wurde ihm vom Kopf gerissen und verfehlte mich nur knapp. Er war so dicht an mir dran, dass ich beinahe seinen Nacken berührte. Plötzlich sah ich, wie sich das Wasser leicht rötlich verfärbte. Die Spitze eines abgebrochenen Holzbalkens hatte sich durch seinen Hals gebohrt und trat auf der anderen Seite wieder aus. Bei diesem Anblick konnte ich nicht anders, als wegzusehen und die Augen zu schließen. Mir wurde schlecht, doch ich öffnete meine Augen wieder, da ich Angst hatte, wenn ich nicht sah, was um mich herum war. Der Junge hatte sich umgedreht und schaute mich nun mit ausgehöhltem Blick und offenem Mund an. Dann wurde er fortgetragen und ich sah ihn nicht mehr wieder.

Nach einer gefühlten Ewigkeit begann die Welle endlich an Kraft zu verlieren und die Kraft, mit der die Wassermassen mich fortgezogen hatten, ließen allmählich nach. Ich zählte die Sekunden, bis die Welle sich auflöste. Es war ein gutes Gefühl wieder über Wasser zu sein und die klare, warme Luft zu spüren. Doch es dauerte eine ganze Weile, bis ich mich traute, mich umzusehen.

Die Bilder ließen mir Tränen in die Augen steigen. Ich war traurig über das Leid, dass die Fluten angerichtet hatten. Es waren bereits einige Stunden vergangen, seit die Welle über das Land gezogen war, doch noch immer hatte ich mich nicht an den Anblick gewöhnen können. Ich blickte mich um und erkannte, dass kein einziges Haus heil geblieben war. Nur vereinzelt standen Palmen in der Gegend, einige Menschen hielten sich daran fest, in der Angst, es würde die nächste Welle kommen. Überall, wo man hinsah, war Wasser, das sich mit dem Dreck zu Schlamm vermengt hatte. Die leblosen Körper der Menschen waren im Schlamm verteilt, dazwischen waren Tausende von Trümmern, die von Häusern oder mitgerissenen Schiffen abgebrochen waren. Modriger Geruch drang in meine Nase, eine Mischung aus Schlamm und Verwesung, die sich durch die Hitze noch verstärkte. Die Schwüle hatte im Verlauf des Tages noch weiter zugenommen, es war nahezu unerträglich. Immer wieder musste ich an die Bilder denken, die ich sehen musste, als mich die Welle erfasst hatte. Ich dachte an die Frau, die um ihr Leben gekämpft hatte, an den Jungen, dessen Hals durchstoßen wurde. Und natürlich dachte ich auch an die Frau, die ihr Kind nicht loslassen konnte und es bis zum Moment des Todes beschützte. Ich dachte an all jene Menschen, die gerade auf den überfluteten Straßen nach ihren Familien suchten. Sie hatten die Hoffnung noch nicht aufgegeben, obwohl sie wussten, wie viele Leichen im Schlamm lagen. Immer wieder riefen die Menschen die Namen ihrer Männer, Frauen, Kinder und Eltern. Angsterfüllt wurden diejenigen Leichen umgedreht, die mit dem Gesicht im Schlamm verdeckt lagen. Eine Frau hatte auf diese Weise jemanden entdeckt, den sie kannte und fing bitterlich an zu weinen und zu schreien. Die Tränen auf ihrer Wange glänzten in der Sonne.

Neben mir waren zwei Männer, die in einem einfachen Boot aus Holz saßen. Mit ihren Paddeln stocherten sie im Schlamm und suchten nach Überlebenden. Ihre Miene war finster und wenig hoffnungsvoll, da es fast ausgeschlossen war, noch Überlebende im Schlamm zu entdecken. Sie schafften es kaum voranzukommen, da die Trümmerteile und Leichen im Weg lagen. Ich beachtete sie nicht weiter. Der eklige Geruch des Schlammes hatte bei mir Kopfschmerzen verursacht. Ungeziefer hatte sich gesammelt und schwirrte nun durch die gesamte Stadt. Direkt neben mir fing es an zu

blubbern. Eine große Luftblase stieg an die Wasseroberfläche und platzte laut. Ich erschrak, als nach
der Blase ein Stück Stoff aufstieg. Es war ein kurz-
ärmliges, grünes Oberteil. Kurz danach tauchte der
Kopf eines Mannes auf. Er lag mit dem Gesicht
nach unten. Nach und nach stieg der Rest seines
Körpers nach oben. Die Arme waren weit ausge-
streckt und die Ellenbogen waren zum Körper hin
angewinkelt. Ein Bein berührte mich, als es aus dem
Schlamm aufstieg. Es war trotz der Hitze, die in der
Luft lag, eiskalt. Die Hose war an einigen Stellen
zerrissen und hatte sich dem Olivgrün des Schlammes angepasst.

Ich kam zu einer Frau, die alleine war und die Trümmer untersuchte. Sie warf einige Stücke weg und
grub sich tief in den Schlamm hinein. Sie fasste etwas, ich konnte nicht erkennen, was es war. Doch
für sie war es eindeutig. Sie fing augenblicklich an,
bitterlich zu weinen. Sie hing einige Minuten regungslos dort und weinte. Ich wusste noch immer
nicht, was passiert war, sie hatte es wieder losgelas-
sen, nahm ihren Arm aus dem schmutzigen Wasser.
Es war nichts mehr zu sehen. Der Schlamm hatte
wieder alles vergraben. Sie kauerte auf einigen zu-
sammengebundenen Holzbrettern. Plötzlich

bewegte sie sich wieder und suchte wieder im Schlamm. Nach kurzer Zeit wurde sie fündig, für einen kurzen Augenblick, hatte ihr Gesicht freundliche Züge angenommen. Dennoch wirkte sie noch immer tieftraurig. Sie hielt ihren Fund in die Luft und begutachtete sie im Sonnenlicht. Es war eine Glasscherbe. Sie fasste an die Ecken und fühlte die scharfen Kanten. Sie drehte ihre Handflächen nach oben und setzte die Scherbe an ihrem Arm an. Sie ließ die Scherbe über ihre Schlagader gleiten. Sie schrie laut auf. Sie hatte starke Schmerzen, doch sie war entschlossen und setzte ein weiteres Mal an ihrem linken Handgelenk an. Wieder schrie sie auf. Das Blut aus den beiden Wunden lief ihr über den Arm, es tropfte in das schlammige Wasser. Zitternd nahm sie die Scherbe in die zerschnittene Hand und machte nun zwei Schnitte in die rechte Hand. Ihre Schmerzen waren unerträglich. Mit der Scherbe wieder in der rechten Hand ging sie zu ihrem Hals. Sie zitterte nun sehr stark. Sie nahm ihre Haare und strich sie hinter die Ohren. Die Haarspitzen schimmerten blutrot. Ihr Hals war frei. Sie setzte die Scherbe an und schnitt eine lange Wunde in den Hals. Obwohl sie kaum noch Kraft hatte, gelang ihr ein tiefer, sauberer Schnitt. Das Blut strömte heraus und lief ihr unter die Kleidung. Sie fasste sich an die Wunde und betrachtete ihre Finger. Sie verspürte keine Schmerzen mehr. Sie ließ die Scherbe fallen, das Glas landete in einer Pfütze voller Blut. Die Frau fiel um.

Die Nacht brach herein und es wurde dunkel. Nirgendwo in der Stadt gab es Licht. Trotzdem blieben die meisten Leute draußen in ihren Booten oder auf provisorisch errichteten Flößen. Das Einzige, was diese Menschen hatten, war ihr Leben. Ihre Wohnungen waren zerstört, ihre persönlichen Gegenstände vom Wasser davongetragen oder unbrauchbar gemacht worden und ihre Freunde und Familie waren fort. Sie wussten nicht, ob sie in Sicherheit waren oder zwischen den Toten. Ich konnte die Nacht nicht schlafen und meine Erinnerungen an das Erlebte plagten mich. Ich wünschte, alles nur geträumt zu haben. Ich hoffte die Nacht ging vorbei und der Albtraum war vorüber. Doch es war kein Albtraum, sondern traurige Wahrheit.

April 2006: Mumbai, Indien:

Die Gegend war ländlich und wie so oft in den letzten Wochen und Monaten ruhig. Die große Stadt war nicht weit entfernt. Einige Leute mit alten, verrosteten Fahrrädern fuhren, aus der Stadt kommend, auf den schlecht ausgebauten Straßen entlang. Sie waren oft total vollgepackt und mussten wahrscheinlich mehrere Hundert Kilo bewegen. Sie achteten nur auf die Straße, konzentrierten sich darauf, keinen Unfall zu verursachen. Eine Frau fuhr vorbei und wirkte sehr erschöpft. Auf ihrer Stirn standen die Schweißtropfen. Sie verzog das Gesicht und keuchte vor Anstrengung. Autos kamen nur selten vorbei. An diesem Morgen waren es bisher drei gewesen.

Ein älterer Mann hatte ebenfalls Mühe, sich mit seinem Rad fortzubewegen, obwohl sein Fahrrad nicht sehr voll beladen war. Er fuhr in die andere Richtung, in die Stadt hinein. Die Farbe, mit der das Metall übergezogen gewesen war, war bereits abgeblättert, sodass der blanke Stahl sichtbar war. Da die Straße nicht aus Asphalt war, wurde die Fahrt sehr anstrengend. Der Erdboden war uneben und staubig. Die rote Farbe der Erde setzte sich auf der

44

Kleidung und den Beinen des Mannes ab. Mit einer Hand wischte er sich über die Stirn und die Augen. Er fuhr weiter, kam mit dem Vorderrad aber auf einen großen Stein. Das Fahrrad brach aus und der Mann fiel auf den harten Boden. Aus einer Schürfwunde an seinem Knie floss Blut. Staub und Dreck gelangten in die Wunde. Der Mann betrachtete sie kurz und setzte sich neben die Straße auf den Boden. Er schaute sich ziellos um und blickte hinaus zum Meer. Er wirkte sehr interessiert an irgendetwas. Er stand auf und kam auf mich zu. Er blieb direkt vor dem Wasser stehen, blickte geradeaus. Er wirkte traurig und sorgenvoll. Sein Blick senkte sich, er hatte mich direkt im Blick. Seine Mundwinkel zuckten. Er bückte sich, hob mich auf und begutachtete mich. Er drehte mich herum, drückte mich zusammen. Er kontrollierte meine Färbung und Musterung. Er war zufrieden und nahm mich mit. Langsam ging er zu seinem Fahrrad zurück. Er hob es vom Boden auf und richtete es auf. Während er mit seiner linken Hand den Lenker festhielt, legte er mich in den Korb hinter seinem Sitz. Einige Sachen, die bei seinem Unfall herausgefallen waren, legte er auch noch hinzu. Er setzte sich auf den Sattel und fuhr in die Stadt. An meinen Füßen spürte ich

Leder, ich schaute mich um und sah einen Geldbeutel, der direkt unter mir lag. Des Weiteren waren noch einige Papiere, verschiedenes Obst, etwas Kleingeld und eine kleine Flasche Wasser in dem Korb. Mehr konnte ich nicht erkennen, da die restlichen Dinge unter den anderen verdeckt lagen.

Gelegentlich grüßte der Mann, wenn er eine ihm entgegenkommende Person kannte. Er lächelte und ich konnte sehen, dass ihm einige Zähne fehlten. Ich lehnte mich zurück, entspannt und ruhig, darauf wartend, wie es weitergehen würde. Wir fuhren ein Stück bergab, der Mann fuhr schneller. Ich sah, dass seine Beine mit Narben übersät waren. Er hatte viele verschorfte Wunden und Kratzer. Seine Arme sahen ganz in Ordnung aus, er hatte lediglich leichte Hornhaut an den Ellbogen. Unter seinem viel zu kurzen Oberteil war der Rücken zu erkennen. Er war recht dünn und nicht sehr kräftig. Seine Hose hatte nicht einmal Kniehöhe und hatte viele Löcher und Kratzer. Seine Beine waren nicht sehr muskulös. Die Zehen schauten aus den alten, abgewetzten Sandalen heraus. Die Haare waren im Ansatz schon ausgefallen. Alles in allem machte die Erscheinung des Mannes keinen übermäßig gesunden Eindruck. Allerdings hatte sein Gesichtsausdruck etwas

46

Freundliches, Liebenswürdiges. Ihm schien das Radfahren Spaß zu machen. Sein Lächeln verschwand erst, als ein Schild die Stadt ankündigte.

Ein Blick auf die Straße ließ Schlimmes vermuten. Der Verkehr war sehr dicht und die Straßen waren verstopft. Nur im Schritttempo ging es vorwärts. Oft mussten wir ganz stehen bleiben. Auf den Straßen bewegte sich alles, was mindestens zwei Räder hat und fahrtüchtig ist. Autos, Motorräder, Fahrräder, Busse, Taxen und noch viele weitere Gefährte machten die Innenstadt zu einem Treffpunkt von Metall und Gummi. In all dem Chaos versuchten auch die Fußgänger, unverletzt über die Straßen zu kommen. Jeder Fahrer achtete nur auf sich selbst, Verkehrsregeln schien es nicht zu geben. Ein nervtötendes Hupkonzert verschlimmerte die Lage noch zusätzlich. Immer wieder fuhr der Mann an, um loszufahren, musste aber wieder anhalten, da er sonst von einem der Autos umgefahren worden wäre. Einige der Fahrer brüllten ihm durch die offenen Fensterscheiben etwas entgegen, der Mann antwortete gelassen, winkte ab und schüttelte mit dem Kopf. Ihm gingen der Stau und der Lärm auch auf die Nerven. Doch er war bereits daran gewöhnt, da er diese Situation hier vermutlich jeden Tag erlebte. Es wurde immer wärmer und die stinkenden Auspuffgase zogen in meine Nase. Der Mann hatte eine Kreuzung überquert und stand nun an der Nächsten. Ampeln oder Verkehrsschilder sah ich nicht. Alles wurde auf der Straße geregelt. Ich war froh, dass ich nicht selbst fahren musste, ich wäre verrückt geworden. Dennoch war die Situation unerträglich. Immerhin kam die Sonne langsam hervor und erhellte meine Stimmung ein wenig. Sofern wir fuhren, war der Fahrtwind angenehm, da wir allerdings die meiste Zeit auf der Stelle standen, stand die Luft und war drückend heiß. Auch die zweite Kreuzung hatten wir überwunden und der Verkehr wurde besser, war aber immer noch sehr schlecht. Ich hatte keine Lust mehr und versuchte mich abzulenken.

Nach einer gefühlten Ewigkeit und nur wenig gefahrener Strecke hatte der Mann eine Seitenstraße erreicht. Er hielt mit seinem Fahrrad vor einem Laden, über dem ein Schild mit einer unleserlichen Aufschrift hing. Nur den Namen „Vimal" konnte ich erkennen. Das musste der Name des alten Mannes sein. Entkräftet lehnte Vimal sein Rad an einen

Baum, kettete es nicht an und sicherte es auch nicht auf andere Weise. Er nahm mich und die anderen Sachen aus dem Korb und suchte seinen Schlüssel. Es war ein einfach hergestellter Schlüssel, nichts Besonderes. Er öffnete den Laden und trat ein. Es war sehr dunkel darin, die Sonne war noch nicht so weit herausgekommen, dass sie durch die Scheiben strahlte. Eine Glühlampe oder andere Lichtquellen konnte ich nicht erkennen. Vimal legte alles auf einem kleinen Tisch ab, der ihm als Verkaufstheke diente. Eine kleine Kasse stand daneben. Die Tür schlug zu. Vimal ging hin, öffnete sie erneut und band sie draußen an einem Baum fest, damit sie offenblieb. Er kam wieder herein und setzte sich erst einmal. Ich nutzte die Zeit, um mich umzusehen. Einfache Holzregale waren an den Seiten aufgebaut. Sie sahen nicht sehr stabil aus, standen schief und vermutlich wackelten sie. Das Holz, das früher wohl mal in kräftigem, dunklem Braun erstrahlte, war nur noch blass und das gesamte Regal wirkte verwahrlost. In dem Laden roch es leicht muffig und es war ziemlich kühl. Das Geschäft hatte ein breites Sortiment. Von Lebensmitteln über Eimer und alte Stromkabel, die Auswahl war trotz der überschaubaren Größe des Geschäfts sehr gut. Vimal stand auf und sortierte die Sachen auf dem Tisch. Er schob mich zunächst zur Seite und nahm das Geld. Er öffnete die Kasse und legte es hinein. Nachdem er die Kasse wieder geschlossen hatte, kümmerte er sich um die restlichen Dinge. Das Obst und die Flasche Wasser ließ er auf dem Tisch liegen, die Papiere klemmte er unter die Kasse und einige weitere Gegenstände räumte er in die Regale. Zum Schluss nahm er mich und suchte in seinem Laden nach einem Platz, an dem er mich abstellen konnte. Er lief einige Male durch den Laden räumte Sachen erst um, wieder zurück und ging dann weiter zum nächsten Regal. Endlich hatte er einen Platz gefunden und stellte mich ab. Neben mir war ein Korb aus Holz, der mit irgendetwas gefüllt war, allerdings konnte ich nicht erkennen, womit. Vimal trat einen Schritt zurück und betrachtete sein Gebilde. Er war zufrieden und ging zurück zur Kasse. Er setzte sich wieder auf seinen Stuhl und wartete auf Kundschaft. Ich hatte richtig vermutet, das Regal wackelte.

Der Morgen ging vorbei und nur wenige Leute hatten den Weg in Vimals Laden gefunden. Viel wurde heute noch nicht verkauft. Lediglich ein paar

Bananen, ein Paket alter Karten und eine Vase, die ein ziemlich seltsames Muster hatte. Mittlerweile hatte die Sonne die Luft im Laden erwärmt, sodass es nun deutlich wärmer hier drinnen war. Ich war froh, dass ich nicht draußen in der drückenden Hitze sein musste. Es passierte gerade nichts, da kein Kunde im Laden war. Vimal aß eine seine Früchte und trank einen Schluck Wasser, da gerade nichts anderes zu tun war. Er pfiff vor sich her und begann dann zu singen. Er wusste, dass er die Töne nicht trifft und völlig schief singt, doch das war ihm egal, es bereitete ihm Freude, seine Stimme ertönen zu lassen. Als er ein Touristenpaar sah, hörte er zum Glück auf zu singen und lächelte sie freundlich an. Er war höflich und begrüßte sie, fragte, ob er ihnen helfen könne. Die Touristen, die eine deutlich hellere Haut hatten als die Einheimischen, winkten freundlich ab und schauten sich im Laden um. Sie gingen vor den Regalen hin und her und begutachteten alles haargenau. Der junge Mann nahm eine Kappe in die Hand und fühlte den Stoff. Sie war blau und hatte grüne Streifen darauf. Er setzte sie sich auf den Kopf. Sie stand ihm hervorragend, trotzdem gefiel mir die Farbe nicht. Er fragte Vimal, ob er einen Spiegel habe und dieser ging kurz in

51

einen Nebenraum und kam mit dem gewünschten Objekt wieder. Der Tourist nickte und nahm die Mütze wieder in die Hand. Währenddessen hatte seine Freundin ebenfalls eine Mütze genommen, allerdings keine Kappe, sondern einen dünnen Hut. Sie setzte ihn auf, schaute ebenfalls in den Spiegel. Sie war nicht damit zufrieden, legte ihn zurück und ging mit ihrem Freund zum nächsten Regal. Nach einigen Minuten blieben sie vor dem Regal stehen, in dem ich mich befand. Sie musterten es von oben bis unten. Ihr Blick blieb an mir hängen. Als sie mich sahen, mussten sie lachen und ihre Stimmung verbesserte sich sofort. Ich hoffte, dass sie mich mitnehmen würden, damit ich etwas erlebte. Aber sie gingen nach einer Weile weiter und stellten sich zu Vimal an die Kasse. Dieser hatte den Spiegel wieder zur Seite geräumt und nannte dem Mann einen Preis für die Mütze. Dieser war einverstanden und holte einige Geldscheine aus seinem Rucksack. Er drückte sie Vimal in die Hand, welcher sich vielfach bei ihm bedankte. Die beiden Touristen verabschiedeten sich und verließen den Laden. Somit war ich wieder mit Vimal alleine, woraufhin er wieder zu singen anfing.

Einige Stunden und ein Dutzend Kunden später betrat ein sehr ordentlich und gepflegt gekleideter Mann den Laden. Er war jung, wirkte durch sein Outfit relativ wohlhabend. Er ging zu Vimal und begrüßte ihn. Sie unterhielten sich gerade so, als würden sie sich schon länger kennen. Das Gespräch dauerte einige Minuten und der Kunde fragte Vimal nach dem Weg zu einem bestimmten Ort. Immer wieder blickte der Mann dabei zur Eingangstür, wenn Vimal ihm den Weg schilderte. Nachdem er den Ausführungen zugehört hatte, ging er durch den Laden und schaute sich um. Er suchte nach etwas Besonderem, verriet Vimal aber nicht, was es war. Seine Gesichtszüge wurden zunehmend härter, als er nichts fand, was seinen Vorstellungen entsprach. Vor dem Regal, auf dem ich mich befand, blieb er stehen. Er überlegte und sagte erst einmal eine Weile nichts. Sein Hemd war grau und hatte dezente, hellblaue Streifen enthalten. Seine Frisur war mit Haargel hergemacht, die blonden Haare wurden nach oben gekämmt. Seine grünen Augen strahlten Stärke aus. Ein Duft von Parfum strömte von ihm in meine Nase. Er trug zudem eine Jeans, die weder Löcher noch ausgewaschene Stellen hatte. An seinem rechten Ringfinger hatte er einen

Ehering, den er hin und wieder drehte und betrachtete. Es war ersichtlich, dass er ein Tourist war, dennoch verstand er sich blendend mit Vimal. Er rümpfte die Nase und begann wieder mit Vimal zu reden. Er fragte ihn, wie lange er zu diesem Ort brauchen würde. Nachdem er seine Antwort erhalten hatte, ging er zu Vimal und bedankte sich, bevor er ihm ein paar Münzen hinwarf, obwohl er nichts kaufte. Er hob die Hand zum Abschied und verließ das Geschäft.

Der Tourist hatte noch keine fünf Minuten das Geschäft verlassen, als ein junges Mädchen hereinkam und leicht zögernd und ängstlich Vimal begrüßte. Sie schaute sich vorsichtig um und ging von Regal zu Regal. Sie nahm zwei Flaschen Wasser und ein altes Seil aus dem Regal. Dennoch ging sie weiter an den Regalen vorbei und suchte jedes Einzelne ab. Sie blieb vor meinem Regal stehen und es war das erste Mal, dass sie für einen Moment lächelte. Sie war wohl dreizehn oder vierzehn, doch sie wirkte äußerst ernst und hatte nichts von jugendlichem Leichtsinn an sich. Sie schaute mich mit traurigen Augen an und dachte nach. Sie entschied sich dafür, mich mitzunehmen. Sie ging weiter durch die Regale, fand aber nichts Weiteres nach ihrem

Geschmack und ging deshalb zu Vimal, um alles zu bezahlen. Sie sprachen kurz über den Preis, bis sie sich einig waren. Das Mädchen packte ihre Sachen von der Kasse in eine dünne Plastiktüte und verließ eilig das Geschäft.

Der Tag war heiß und schwül. Es verwunderte nicht, dass so wenige Menschen Vimals Geschäft betrat, da auch auf den Straßen kaum jemand herumlief. Wenn möglich versuchten die Leute, bei dieser Hitze nichts zu unternehmen. Das Mädchen nahm eine ihrer Wasserflaschen und trank einen großen Schluck, während sie weiterlief. Die Tüte war so dünn, dass ich hindurchsehen konnte. Sie musste an keiner großen Straße vorbeigehen, weshalb nur wenige Menschen hier entlangliefen. Wir gingen durch eine Vielzahl verzweigter Gassen, jede sah heruntergekommener aus, als die vorige. Die Häuser sahen zunehmend instabiler aus und waren nur noch als Hütten zu bezeichnen. Das Mädchen ging in eine der Hütten mit Wellblechdach. Als Tür diente lediglich ein weiteres Stück Blech, das verschoben wurde, ein Schloss gab es nicht. Innen war es eng und spärlich eingerichtet. Ein Mädchen von ungefähr sieben Jahren kam ihr entgegengelaufen und umarmte sie. Sie löste sich sanft aus der

Umarmung und stellte die Tüte auf den kleinen, alten Holztisch. Er hatte überall Risse und stand nicht mehr sehr stabil auf dem Boden. Die beiden Mädchen schienen Schwestern zu sein. Die Ältere hieß Rani und die Jüngere Abha. Rani gab Abha die noch verschlossene Wasserflasche und nahm ihren Beutel wieder in die Hand. Ein Stück Stoff diente als Abtrennung eines anderen Raumes, Rani schob ihn zur Seite und ging in das zweite Zimmer, in dem lediglich ein altes, klappriges Regal und zwei einfache Matratzen waren. Während Rani die Tüte auf eine davon ablegte, ging sie zu der spärlichen Kinderwiege, die außerdem noch in einer Ecke des Raumes stand. Darin lag ein kleines Baby und schlief friedlich. Sie lächelte das Baby kurz an und setzte sich dann auf die Matratze neben ihre Tüte. Sie schob sie ein wenig zur Seite und legte sich hin. Sie war sofort eingeschlafen.

Als Rani am Abend aufwachte, sah sie, dass ihre Schwester auf der Matratze neben ihr lag. Sie hatte nicht mitbekommen, wie sie in das Zimmer gekommen ist. Sie gab sich Mühe, so leise wie möglich aufzustehen, um Abha nicht aufzuwecken. Sie ging in das Eingangszimmer und öffnete kurz die Tür, um nach draußen zu sehen. Sie hatte noch ein wenig Zeit. Sie kramte aus einem der wenigen Schränke ein altes Stück Brot hervor und aß es freudlos. Sie nahm einen Schluck Wasser und spülte so die trockenen Reste des Brotes herunter. Das Baby fing an zu schreien und Rani ging wieder herüber. Abha wurde wach vom Geschrei und rieb sich müde die Augen. Rani gab ihr einen Kuss auf die Stirn und Abha legte sich wieder hin. Dann nahm sie das Baby auf die Arme und schaukelte es sanft. Das Baby war viel zu dünn, das Gesicht war ungewöhnlich blass. Das Geschrei wurde lauter und Rani holte ihre Brust hervor, um das Baby zu säugen. Es trank lange und jeder Schluck Milch verursachte ein glucksendes Geräusch. Als Rani das Baby stillte, war Abha wieder eingeschlafen. Sie wachte erst wieder auf, als Rani das Baby auf ihre Schulter legte und sanft auf und ab wippte. Es beruhigte sich wieder und wurde schläfrig. Vorsichtig legte sie ihr Kind wieder in die Wiege zurück.

Es war bereits später Abend, als Rani ein letztes Mal nach draußen schaute, ehe sie ihre Sachen zusammenpackte. Sie zog sich um und tauschte ihre leichten Klamotten gegen ein knielanges rotes Kleid, das wirkte, als sei es viel zu teuer für sie. Als sie sich auszog, konnte ich an ihrem Oberkörper, an den Beinen und ihrem Unterleib die unzähligen blauen Flecken erkennen. Das rote Kleid verbarg sie und ließ sie elegant wirken. Sie wischte sich die Tränen aus dem Gesicht und gab ihrer Schwester noch einmal einen Kuss. Dann nahm sie ihre Tüte, in der auch ich noch immer war, und ging.

Die Abendluft war kühl, aber nicht zu kalt. Es war spät und die Sonne war seit einigen Minuten untergegangen. Dennoch gab es genug Licht, da die Straßen sehr hell erstrahlten. An fast jeder Ecke stand eine Laterne. Viele Menschen waren noch auf den Straßen unterwegs. Eine Menge Touristen waren auf den Straßen, um in die Geschäfte zu gehen. Im Dunkeln erhielt die Stadt eine ganz andere Atmosphäre. Zwar war die Stadt sehr schön anzusehen im künstlichen Licht der Läden, allerdings gab es auch viele Menschen, die sich merkwürdig verhielten. Zwei Einheimische stritten bereits seit einer längeren Zeit und begannen nun handgreiflich zu werden. Obwohl einer von ihnen bereits eine blutige Nase hatte, griff niemand ein. Jeder kümmerte sich nur um sich selbst. Die Beiden prügelten weiter munter drauflos, bis einer mit dem Kopf auf dem

58

Boden aufschlug und bewusstlos liegen blieb. Die Situation war angespannt, vieles war auf Konflikt ausgerichtet. Rani versuchte ihres Weges zu gehen, und nicht auf ihre Umgebung zu achten. Man sah, dass sie Angst hatte und sie wollte so schnell wie möglich wieder von der Straße herunter.

Viele Menschen kamen uns entgegen. Mit hektischen Schritten zogen sie durch die Nacht. Einige versuchten, ihre Gesichter zu verdecken. Ich wunderte mich über einen Mann, der einen dicken Wintermantel trug. Zwar war es nicht so warm, wie am Tag, allerdings war es auch nachts noch angenehm, sodass man locker im T-Shirt bekleidet aus dem Haus gehen konnte. Ich hörte eine Mücke, die um meinen Kopf schwirrte. Noch immer wusste ich nicht, wohin Rani wollte. Wir marschierten bereits seit einigen Minuten durch die Stadt. Sie hielt nicht vor den Einkaufsläden, schaute sich nichts an und lief einfach nur auf der Straße entlang. Sie war aus den kleinen Gassen herausgekommen und folgte nun einer der Hauptstraßen. Zumindest fuhren um diese Zeit nur noch vereinzelt Fahrzeuge herum. Deshalb kamen wir ohne Stau ziemlich schnell vorwärts. Eine alte Frau, die auf uns zukam, ging schon leicht gebückt und fasste Rani an den Arm. Sie wollte etwas Geld erbetteln. Rani riss ihren Arm los und stieß eine schüchterne Antwort zwischen ihren Zähnen hervor. Sie ging weiter, und als ich nach hinten schaute, sah ich, dass die alte Frau bereits den Nächsten ansprach. Vor uns wurde es heller, am Straßenrand waren mehr Laternen.

Viele Personen standen am Rand, hauptsächlich junge Frauen, die auf irgendetwas zu warten schienen. Aus der Ferne hörte man den Klang eines Basses, der lauter wurde, als wir uns der Gruppe näherten. Auf Höhe der Gruppe wurde Rani langsamer. Sie ging zu einem Mann, der etwas an der Seite stand und ein Klemmbrett in der Hand hielt. Als er Rani sah, rief er jemanden herbei. Dann wies er Rani an, dem anderen zu folgen. Sie gingen etwas abseits der großen Straße, außer den Beiden war kein Mensch zu sehen. Überall am Straßenrand standen einzelne Holzhütten, einfach, aber deutlich schöner als Ranis Zuhause. Der Mann öffnete die Tür einer der Hütten und führte Rani herein. Die Hütte war lediglich ausgestattet mit einem kargen Bett, einem Spiegel und einem Tisch mit zwei Stühlen. Der Mann zeigte auf den Tisch und mit der nächsten Handbewegung auf den Spiegel. Rani nickte und der Mann verließ die Hütte und schloss von außen ab.

Rani legte ihre Tüte auf den Tisch. Sie schaute überrascht, als sie sah, dass ich noch immer in der Tüte war. Dann zog ein kurzes Lächeln über ihre Lippen, ehe sie wieder ernst wurde. Sie stellte sich kurz vor den Spiegel und betrachtete sich darin. Trotz des Kleides sah sie noch immer aus wie ein Kind. Sie könnte so fröhlich sein, doch ihr Gesicht zeigte Angst und Trauer. Sie seufzte tief und ging erneut zu ihren Sachen. Sie holte das Seil heraus, das sie heute Morgen gekauft hatte. Rani legte das Seil auf den Tisch und stellte die Tüte dann neben den Spiegel auf den Fußboden. Sie setzte sich auf das Bett, blickte zur Tür und wartete.

Es dauerte einige Minuten, bis der Schlüssel herumgedreht und die Tür geöffnet wurde. Ein blonder Mann kam herein und ich wusste sofort, dass ich ihn schon einmal gesehen hatte. Es war der Tourist, der sich so lange mit Vimal unterhalten hatte und am Ende ohne Einkauf wieder ging. Als er hereinkam, füllte sich der Raum mit dem Geruch von Zigarettenrauch. Der Mann schaute sich in der Hütte um und leckte sich mit der Zunge über die Lippen.

Er schaute kurz auf die Uhr an seinem Handgelenk, ehe er sie auf dem Tisch ablegte. Sein graues Hemd sah ordentlich aus, er schien sich die Haare noch einmal gemacht zu haben. Er ging zu Rani hin und stellte sich direkt vor sie. Er strich ihre Haare aus der Stirn und blickte ihr in das Gesicht. Mit einem Finger berührte er zärtlich ihre Wange. Rani war angewidert vom Gestank der Zigaretten und drehte ihren Kopf zur Seite.

Der Mann setzte sich neben sie. Die Matratze ging ein Stück nach unten. Er schaute sie an, doch Rani blickte gedankenverloren an eine der weißen Wände. Er berührte sie vorsichtig an ihrem Arm. Er stand auf, nahm ihre Hand und zog sie zu sich heran. Er bewegte seinen Mund auf Ranis Gesicht zu. Sie roch den Rauch aus dem Mund des Mannes und wich zurück. Er nahm seine beiden Hände hinter ihren Hals und zog sie nach vorn. Er flüsterte ihr etwas ins Ohr, drehte ihr Gesicht zu sich hin und küsste sie. Widerwillig erwiderte Rani den Kuss. Sie versuchte, ihren Ekel zu unterdrücken. Der Mann beendete den Kuss und legte seine Hand auf ihre Hüfte. Sie stand auf, ging einen halben Schritt zurück und sah ihm in die Augen. Die Hand des Mannes, die auf der Hüfte des Mädchens lag, wanderte unter das Kleid. Seine Zweite folgte der Ersten. Der Mann ließ sie weiter nach oben gleiten. Er schloss die Augen und genoss, was seine Hände spürten. Rani fasste ihm an die Hand und sagte ihm, dass sie sich gerne schützen würde. Sie schaute ihn flehend an und ihre Stimme war ruhig und leise. Der Mann schüttelte den Kopf und öffnete stattdessen den obersten Knopf seines Hemdes. Noch einmal übernahm Rani das Wort, diesmal ein wenig selbstbewusster, aber immer noch mit beruhigender Stimme. Der Mann ließ sein Hemd los und brüllte Rani an. Er holte aus und schlug sie auf die Wange. Rani wurde traurig und duckte sich ein wenig. Der Mann schubste sie auf das Bett, sie lag rücklings darauf, richtete sich wieder auf. Der Mann zog sie zu sich heran. Er hob Ranis Arme nach oben und zog ihr das Kleid aus. Sie schämte sich, als sie nackt vor dem Mann stand, sie sollte sich umdrehen. Der Mann freute sich, als er die blauen Flecken sah. Er schubste sie auf das Bett und legte sich neben sie. Er beugte sich über sie und küsste sie erneut. Rani war angewidert, hatte aber Angst sich dagegen zu wehren. Er stand auf und öffnete den Knopf seiner Hose und zog den Reißverschluss auf. Bevor er die Hose zu Boden fallen ließ, zog er den Ledergürtel heraus, den er auf den Tisch legte. Er wies Rani an, zu ihm zu kommen, weshalb sie aus dem Bett aufstand. Während sie sein Hemd weiter aufknöpfte, fasste er ihr an die Brüste und blies ihr wieder den stinkenden Atem ins Gesicht. Rani zog ihm das Hemd aus und setzte nun mit der Unterhose fort.

Die Nacht neigte sich dem Ende zu, als Rani wieder in der schäbigen, alten Hütte war. Sie legte ihre wenigen Sachen zur Seite und ging durch den Vorhang. Ihre kleine Schwester saß auf dem Boden und schaute sie traurig an. Rani setzte sich neben sie und aß eine Schüssel mit Reis. Rani und ihre Schwester Abha waren alleine. Kein Erwachsener kümmerte sich um sie, oder half ihnen. Aus einer Ecke des Zimmers schrie das Kind. Rani stand auf und ging dorthin, bei jedem ihrer Schritte verzog sie schmerzerfüllt das Gesicht. Rani küsste ihr Kind auf die Stirn und hob es heraus. Sie wiegte es auf ihren Armen, um es zu beruhigen und flüsterte einige nette Worte in die Ohren des Kindes. Da das Baby nicht aufhörte zu schreien, setzte sich Rani mit ihm auf den Boden und säugte es.

Rani saß auf dem Stuhl in ihrem Raum und schaute sich ein Bild an. Es war einige Jahre alt, Rani war

64

deutlich kleiner darauf, als sie heute ist. Neben ihr sah ich ein weiteres Mädchen, das ungefähr gleich alt war. Beide Mädchen auf dem Bild lachten. Sie hielten sich im Arm und beide trugen grüne Hosen und Oberteile sowie alte Sportschuhe, auf denen sich Staub abgelagert hatte. Rani weinte, als sie das Bild betrachtete. Sie war traurig, das Bild schien ihr viel zu bedeuten.

Rani legte das Bild auf den Tisch und griff nun in die Tüte. Sie holte mich heraus und gab mich ihrer Schwester. Rani wollte ihr ein wenig Freude schenken, doch vorhin hatte sie vergessen, dass ich noch in der Tasche war. Abha lächelte und freute sich über das Geschenk. Sie umarmte ihre Schwester sanft. Während Abha mit mir spielte, versteckte Rani ihr Gesicht in ihren Händen. Sie schluchzte und weinte einige Minuten lang. Völlig aufgelöst und zitternd hob sie ihren Kopf an, noch immer mit Tränen in den Augen. Sie nahm ein Bündel Geldscheine, das auf dem Tisch lag. Sie zählte das gesamte Geld einmal durch und legte es wieder zurück. Sie seufzte bitterlich und stand auf. Sie ging durch die Wohnung, um nach den anderen zu sehen. Zunächst ging sie zu Abha, die mich auf dem

Tisch liegen gelassen hatte, und öffnete langsam und vorsichtig den Vorhang zum Nebenraum. Sie lag schlafend auf dem Boden und bemerkte ihre große Schwester nicht. Rani zog den Vorhang wieder zu und stellte sich an das provisorisch gebaute Bettchen ihrer Tochter. Auch Noor schlief tief und fest, lag auf der Seite. Rani gab ihr einen Kuss auf die Wange kniete sich auf die dünne Matratze auf dem Boden. Sie beugte sich nach vorne, legte ihre Hände aufeinander und betete. Nach einer Weile öffnete sie ihre Augen und legte sich auf dem Rücken auf die Matratze. Sie verschränkte ihre Arme hinter dem Kopf und starrte an die farblose Decke. Morgen würde wieder ein Tag werden, wie jeder andere. Sie suchte Möglichkeiten, um aus dem Drecksloch herauszukommen und ein neues Leben anzufangen. Doch sie hatte keine Wahl, sie war auf die Klienten angewiesen. Sie schloss die Augen und schlief ein.

August 2006: Galizien, Spanien:

Die Familie saß gemeinsam am Esstisch und schwieg. Die Mutter hatte den ganzen Nachmittag gekocht und in nicht mal einer halben Stunde war alles aufgegessen. Das Essen sah sehr lecker aus und schien auch allen sehr gut zu schmecken. Der Hund der Familie lag artig neben dem Tisch und drehte ab und zu seinen Kopf nach allen Seiten, um sich umzuschauen. Es war seit einigen Wochen extrem heiß und das warme Essen verstärkte die Hitze in der Wohnung noch zusätzlich. Die Eltern saßen dort mit ihren drei Kindern. Ihr einziger Sohn war um die fünfzehn. Die beiden Töchter waren ungefähr zehn und sieben.

Alle hatten aufgegessen und trugen nun ihre Teller in die Küche, um sie zu spülen. Der Vater schaute beim Vorbeigehen noch schnell aus dem Fenster heraus. Es war keine Wolke am Himmel zu sehen, er schien nicht glücklich damit zu sein. Es wirkte so, als warteten alle auf den Regen. Doch es hatte schon eine lange Zeit nicht mehr geregnet. Die Sonne schien von morgens bis abends. Rings um das Haus herum war nichts als Wald, die Bäume litten sichtbar unter der Trockenheit. Die Eltern hatten beim

Spülen angefangen, sich zu streiten. Sie gestikulierten mit den Händen und wurden immer lauter. Die Kinder beeilten sich mit ihrer Küchenarbeit, um so schnell wie möglich ihren streitenden Eltern aus dem Weg zu gehen.

Der Abend neigte sich langsam dem Ende entgegen, die Sonne leuchtete in ihren letzten Zügen mit einem flachen Streifen am Horizont. Die ältere Tochter kam gerade wieder von einem Spaziergang mit dem Hund nach Hause. Der Sohn tippte unentwegt etwas in sein Handy ein und blickte nur selten einmal davon auf. Er schien sehr unglücklich zu sein. Die Eltern stritten nun nicht mehr, allerdings schauten sie sich kaum an und sprachen erst recht kein Wort miteinander. Die Jüngste wurde langsam müde und ging ins Badezimmer, um sich die Zähne zu putzen. Als sie fertig war, verabschiedete sie sich von ihrer Familie und ging in ihr Zimmer. Allerdings kam sie nach nur wenigen Minuten wieder zurück, denn sie hatte mich auf dem Esstisch liegen lassen. Sie nahm mich wie jeden Abend mit in ihr Schlafzimmer, seit sie mich vor wenigen Tagen gefunden hatte. Dort legte sie mich auf ihren Nachttisch und ihre Mutter kam ihr hinterher. Sie flüsterten sich noch einige Worte zu, ehe die Mutter ihre Tochter zudeckte. Sie stand auf und ich warf einen letzten kurzen Blick aus dem Fenster, bevor sie den Vorhang zuzog, damit die Kleine gut schlafen konnte. Nachdem die Mutter das Zimmer verlassen hatte, gab mir das Mädchen noch einen Gute-Nacht-Kuss und schloss dann ihre Augen.

Die Wände um mich herum hatten ein beruhigendes Grün. Zunächst fragte ich mich, was das für einen Sinn hatte, doch schließlich hielt ich es für besser, nicht weiter darüber nachzudenken. Ich war mir nicht sicher, ob ich lief oder schwebte. Es machte für mich in diesem Moment keinen Unterschied. Die Wände rechts und links von mir liefen aufeinander zu und führten zu einer Tür, die aus der Ferne nicht sichtbar war, weil sie denselben grünen Farbton aufwies, wie die Wände. Ich öffnete die Tür, ging hindurch und gelangte schließlich in einen Raum, der sich zu drehen schien. Die Wände hatten nun alle möglichen Farben, sie wechselten ständig und meine Augen schmerzten bei deren Anblick. Da sich der Boden drehte, stand ich regelmäßig auf dem Kopf. Doch ich fiel nicht herunter, irgendetwas hielt mich fest, wie auf einem kleinen Planeten.

69

Ich ging weiter geradeaus, soweit dies möglich war, bis ich auf einer Plattform stand, die sich nicht mitdrehte. Ich spürte noch die Erdbewegungen hinter mir, als ich durch die nächste Tür hindurchging. Der nächste Raum war komplett weiß, allerdings standen zwei riesige Gehirne vor mir auf dem Boden. Als ich die Tür hinter mir schloss, öffnete sich in jedem der Gehirne eine weitere Tür. Ich entschied mich dafür, das rechte Gehirn zu betreten. Es fühlte sich komisch an, über die Schwelle zu gehen. Der Anblick war ebenso merkwürdig. Es war ein Geflecht von Dutzenden Treppen und Ebenen, die sich nach unten und oben erstreckten, doch trotzdem wirkte alles sehr einfach, und gut zu durchschauen. Man konnte von hier sehr gut sehen, wo jede einzelne Treppe hinführt. Ich ging daran vorbei, bis zu einer Tür, die in die Richtung führte, in der sich das andere Gehirn befand. Dort sah alles ganz anders aus. Auch dort gab es unzählige Treppen, noch viele mehr, als es im ersten Gehirn der Fall war. Doch es wirkte alles, wie in einem riesengroßen Chaos. Die Treppen drehten sich, führten scheinbar ins Nichts und hatten weder Anfang noch Ende. Plötzlich tauchte vor mir ein riesiger Löwe auf. Seine Mähne hatte einen beeindruckenden

Umfang und er drehte seinen Kopf leicht zur Seite. Erst jetzt fiel mir auf, dass der Löwe eine Hose trug und daraus nun mit seinen riesigen Pranken einen Salatkopf holte. Er stellte ihn vor sich ab, so als wollte er mir etwas davon anbieten. Ich war wie gelähmt und konnte nichts machen. Der Löwe wartete noch einen Moment, dann beugte er seinen Kopf nach vorne und aß genüsslich den Salatkopf. Als er fertig war, lächelte er mich an und zwischen zwei seiner Zähne hing noch ein Stück eines Salatblattes. Dann ging der Löwe auf die Treppen zu und löste sich in Luft auf. Ich schaute mich wieder eine Weile um. Die Komplexität des Systems bereitete mir Kopfschmerzen. Ich wollte wieder aus dem Gehirn heraus, da ich aber hinter den vielen Treppen keine Tür erkennen konnte, ging ich wieder den Weg, den ich gekommen war. Schließlich stand ich wieder in dem weißen Raum mit den beiden Gehirnen und suchte eine Tür, die mich weiterführte. Doch es gab keine, dies schien der letzte Raum zu sein. Ich ging wieder in das rechte Gehirn herein.

Aufgeregtes Hundegebell riss mich aus meinem Schlaf. Der Hund wollte sich nicht mehr beruhigen. Er wurde immer lauter und aufgeregter. Das

Mädchen wurde auch wach und setzte sich auf die Bettkante. Durch den Vorhang schien ein schwaches Licht, es konnte aber nicht von der Sonne sein, denn es war noch zu früh. Das Mädchen griff nach mir und klammerte mich ganz fest an ihre Brust. Sie zitterte vor Angst und traute sich nicht, aus ihrem Zimmer zu gehen und nachzuschauen, was der Hund hatte. Plötzlich ging die Tür auf und die Mutter kam hereingestürmt. Sie ging sofort zu ihrer Tochter und nahm sie ganz fest in den Arm, um sie zu trösten. Sie hob sie aus dem Bett hoch und ging mit ihr schnell aus dem Zimmer heraus. Im Flur angekommen, stürmte ihr Mann gerade zur Haustür herein und schüttelte mit dem Kopf. Er fluchte laut und legte seine Autoschlüssel auf den Schrank. Die beiden anderen Kinder warteten bereits. Die Mutter stellte ihre Tochter daneben und suchte mit ihrem Mann noch einige wichtige Dinge. Der Hund bellte noch immer und hatte seinen Blick starr aus dem Fenster gerichtet. Ich folgte seinem Blick und konnte nun erstmals den Grund für die Aufregung erkennen. Vor dem Haus wütete ein Waldbrand und kam in langsamen Schritten immer näher. Die Feuerwand hatte bereits eine enorme Höhe erreicht und schwarze Rauchschwaden stiegen in den

Himmel auf. Einige wilde Tiere rannten am Haus vorbei und versuchten, sich in Sicherheit zu bringen. Die Eltern waren nun endlich soweit und eilten nach draußen. Sie öffneten die Tür und schoben ihre Kinder sanft hinaus. Der Hund sträubte sich, doch schließlich stellte er das Gebell ein und folgte der Familie nach draußen. Sie schlossen die Tür nicht mehr ab, sie wollten nur noch heraus aus dem Wald. Die Jüngste hielt mich noch immer krampfhaft fest und zu sechst gingen sie los, auf der Flucht vor den Flammen, die von drei Seiten auf das Haus zurasten.

Ohne sich umzudrehen, liefen sie so schnell sie konnten fort. Immer weiter, ohne ein Ziel vor den Augen zu haben. Hauptsache, sie konnten dem Feuer entkommen. Sie alle schnauften vor Erschöpfung, doch die Angst trieb sie immer weiter. Die Kinder waren müde. Der Vater wagte als Erster den Blick nach hinten und bemerkte, dass sie schon weit gekommen waren. Er hielt seine Familie kurz an, um eine Pause zu machen. Außer Atem setzten sie sich hin und schauten einander an. Die Kinder hatten Tränen in den Augen und die Mutter legte ihren Kopf auf die Schulter ihres Mannes. Sie konnten es alle sehen und wussten, dass es kein Zurück mehr gab. Der Vater stand als Erster wieder auf. Sie mussten weiter, der Weg war nicht mehr so weit.

Nach einiger Zeit waren die Umrisse der Stadt zu sehen. Der Vater hatte sie als Erstes entdeckt und sagte gleich seiner Familie Bescheid. Das Mädchen, das mich noch immer in ihrer Hand hielt, hatte keine Kraft mehr und stolperte. Sie fiel auf den Boden und schlug sich das Knie auf. Es tat ihr weh, doch ihre Mutter half ihr hoch, damit sie weitergehen konnten. Doch sie fiel wieder hin und ließ mich fallen. Ich landete neben einem kleinen Zweig. Das Mädchen streckte ihren Arm nach mir aus und schaffte es gerade noch, mich wieder hochzuheben, bevor ihr Vater sie gepackt hatte. Er trug sie auf seinen Armen weiter in Richtung Stadt. Ich war so eingeklemmt zwischen den beiden Körpern, dass ich kaum noch sehen konnte, wo wir entlanggingen. Das Mädchen weinte leise und eine Träne fiel auf meinen Kopf.

Mit den ersten Sonnenstrahlen des noch frühen Morgens erreichten wir die Stadt. Der Vater wartete auf seine Familie, die einige Meter zurück war. Die Flammen waren nun ein ganzes Stück weg und es sah so aus, als wäre die Familie jetzt in Sicherheit, doch sie gingen immer weiter. Niemand konnte wissen, wie weit das Feuer noch vordringen würde. Wir gingen die Hauptstraße entlang, die Stadt war wie ausgestorben. Die Menschen schienen sich schon alle in Sicherheit gebracht zu haben. Niemand war mehr zu sehen, es standen keine Autos am Straßenrand. Ab und zu schaute die Mutter in eines der Häuser, in der Hoffnung, dass noch jemand darin war, doch jedes Mal kam sie kopfschüttelnd wieder zu ihrer Familie zurück. Mit dem Mobiltelefon erreichten sie niemanden. Sie gaben nicht auf und versuchten weiterhin Personen zu entdecken. Sie gingen durch kleinere und größere Straßen und schauten in jedes Haus, das noch bewohnt aussah. Sie hofften, dass sie jemand mitnehmen würde. Es war der Sohn, der den Bus als Erstes sah. Eilig liefen sie zu dem Bus, der Fahrer öffnete die Tür. Die Eltern und der Fahrer tauschten einige kurze Worte. Dann stieg die Familie ein, ich noch immer in der Hand des kleinen Mädchens. Dann wurde die Tür des Busses geschlossen und wir fuhren in die sichere Ferne.

September 2007: nördliches Polarmeer, nahe dem Nordpol:

Die Kälte zog mir durch den gesamten Körper. Die Nacht hatte Einzug gehalten. Um mich herum waren Eisberge im Wasser. Ich schwamm schon einige Wochen durch die eisige Landschaft. Ich hatte die Orientierung verloren. Es sah alles so gleich aus. Ich wusste nicht, was mich hier erwartete. Gelegentlich schlug mir eine Welle ins Gesicht. An meiner Nase hingen einige Eiszapfen herab. Ein eisiger Wind wehte. Zunächst schwach, doch mit der Zeit zunehmend. Ich fühlte mich nicht wohl, die Kälte war unangenehm. Ich wusste nicht, wie es war im Warmen zu sein. Seit so vielen Jahren schwamm ich durch das Polarmeer. Ich sehnte mich nach Wärme.

Nach einer langen, ungemütlichen Nacht erwachte ich. Die Sonne ging gerade auf. Die Landschaft erstrahlte in neuem Glanz. Das Eis glänzte und war wunderbar weiß. Während die Sonne mich aufwärmte, genoss ich den Anblick. Immer wieder war ich verzaubert von der Ruhe und Friedlichkeit. In den Nächten wirkte die Landschaft trostlos. Sie besteht nur aus Wasser und einer riesigen Eiswüste. Doch am Tag ist es hier wunderschön, bezaubernd.

Die Eisberge schienen zum Leben zu erwachen und leuchteten im Schein der Sonne. Die Kälte verschwand ebenso, wie die Müdigkeit, und die Freude kehrte zurück.

Ich freute mich, als ich endlich Leben um mich herum spürte. Ein Killerwal sprang aus dem Wasser und tauchte wieder ab, auf der Jagd nach einer Robbe. Er war kräftig und sprang mit einer solchen Energie aus dem Wasser, dass man den Eindruck hatte, er hätte seine pure Freude daran, die Sonnenstrahlen auf seiner Haut zu spüren. Nun jedoch schien er ein Tier gefunden zu haben und verschwand blitzschnell in der Weite des Meeres.

Die Zeit verging und um mich herum taten sich Eisdecken auf. Sie wirkten nicht sehr stabil und dick. Aus der Ferne kam ein Eisbär angelaufen. Er war eine anmutige Erscheinung. Sein Fell war strahlend weiß und glänzte. Sein Gang war bedrohlich und entschlossen. Er wirkte hungrig. In seiner Nähe war nichts als Eis. Er war allein, sein Blick wirkte traurig. Er ging langsam auf mich zu. Ich erkannte, dass er sehr dünn war und spürte, wie er mich direkt anschaute. Ich war für ihn uninteressant. Er hielt sein Tempo und ging weiter.

Als er nur wenige Meter vom Wasser entfernt war, drehte er seinen Kopf. Er schaute hinter sich und hielt für einen Moment inne. Als er wieder zum Wasser blickte, wirkte er nicht mehr so entschlossen, wie zuvor. Zögerlich machte er einen Schritt. Danach einen Zweiten und Dritten. Er blieb erneut stehen und schaute sich um. Seine Pranken waren riesig und Furcht einflößend. Die Ruhe wurde von einem knackenden Geräusch unterbrochen. Es dauerte einige Augenblicke, um es zuzuordnen. Es war das Eis! Der Eisbär war erstaunt und erschrocken, er wusste nicht, wie er reagieren sollte. Sekunden später brach das Eis ein, der Eisbär war im Wasser.

Das Wasser wurde verdrängt, starke Wellen nahmen mich mit. Der Eisbär schwamm ein Stück an die abgebrochene Kante der Eisfläche heran. Behutsam setzte er seine Pfoten auf das kalte Eis. Er versuchte sich hochzuziehen, doch er fiel ins Wasser zurück. Der Eisbär versuchte es erneut. Diesmal schien es zu gelingen, aber plötzlich brach ein weiteres Stück Eis ab. Wieder und wieder versuchte er, das sichere Ufer zu erreichen. Er gab nicht auf, obwohl seine Kraft nachließ und die Hoffnung

78

schwand. In seinen Augen konnte ich Angst und Verzweiflung sehen.

Ich schaute noch eine Weile zu, lange genug, um zu sehen, wie der Eisbär seine letzten Kraftreserven opferte, um auf das Eis zu kommen. Doch das Eis war zu dünn. Er verlor den Kampf. Er schrie heulend auf. Mir lief eine Träne über das Gesicht. Erneut schrie er. Ich bekam eine Gänsehaut aufgrund der Gefühle, die sich in mir auftaten, nicht wegen der Kälte. Ich entfernte mich langsam, mit den sanften Wogen der Wellen, bis ich ihn nicht mehr sah. Ein letzter verzweifelter Ruf drang in meine Ohren. Danach kehrte wieder Ruhe ein. Gespenstische Stille, wie zuvor. Ich wusste, dass er sterben würde, und fühlte mich schlecht.

Die Einsamkeit machte mir Angst. Viele Jahre lang war es mir egal, doch jetzt dachte ich an den Eisbären und wünschte mir, dass ich nicht alleine wäre. Der Abend zog heran. Die Sonne verschwand langsam. Der Lichtstreifen am Horizont wurde schmaler. Bald würde es wieder dunkel sein. Ich bereitete mich auf die Nacht vor und wurde müde. Trotzdem konnte ich nicht schlafen. Ich hatte Kopfschmerzen und mir war schlecht. Ich konnte keinen klaren

Gedanken fassen, in meinem Kopf überschlugen sich die Ereignisse, ich dachte an alles gleichzeitig. Mir wurde schwindelig, alles begann, sich zu drehen. Ich war verwirrt und orientierungslos. In meinem Kopf redete eine Stimme mit mir. Eine weitere Stimme kam hinzu. Sie redeten zeitgleich, allerdings etwas komplett Unterschiedliches. Deshalb verstand ich nichts. Nach und nach kamen immer mehr Stimmen dazu, sodass ich nur noch ein Gemurmel wahrnahm. Die Stimmen waren durchdringend und laut. Ich konnte jede erkennen, ohne jedoch zu wissen, was sie sagten. Meine Kopfschmerzen verschlimmerten sich. Die vielen Stimmen hatten einen starken Druck in meinem Kopf verursacht. Ein leichter Nebel legte sich auf meine Wahrnehmung. Der Druck wurde größer, das Schwindelgefühl weitete sich aus. Mein Herz raste, ich bekam kaum noch Luft. Trotz der Kälte war mir heiß. Ich spürte das Wasser unter mir nicht mehr und fühlte mich wie in einem Rausch. Mein Herz schmerzte und mein Kopf schien zu platzen, ich weinte. Ich umfasste meinen Kopf und verkrampfte. Ich versuchte, in ihn hineinzugelangen. Es funktionierte natürlich nicht, doch ich wollte nur, dass die Schmerzen aufhörten. Noch immer den Kopf zwischen den Händen liegend, begann ich meinen Körper zuckend zu bewegen. Ich versuchte, alles aus meinem Kopf herauszuschütteln. Ich wurde die Probleme nicht los. Ich wälzte mich von einer Seite auf die andere. Ich schrie laut meine Schmerzen heraus. Ich war verzweifelt, wie noch nie in meinem Leben. Ich schrie erneut, diesmal noch lauter und lang anhaltender. Ich hatte Angst, dass ich verrückt würde. Ich wurde wütend und ruhig zugleich, fror und schwitzte. Ich hatte die Kontrolle über meinen Körper verloren. Ich konnte nicht mehr, warf mich nur noch umher und hoffte, dass alles ein Ende nahm. Ich zitterte wie Espenlaub. Die äußeren Einflüsse nahm ich nicht wahr, ich war in diesem Moment in einer eigenen Welt. In meinem Kopf gab es ein merkwürdiges Geräusch. Ohne meinen eigenen Einfluss schrie ich noch einmal aus Schmerz und Verzweiflung. Mir wurde schwarz vor Augen.

Ich befand mich inmitten einer Landschaft voller Schnee und Eis. Es war kein Wasser in der Nähe. Ich lief auf dem kalten Untergrund umher. Ich wusste nicht, wohin ich ging, doch ich war mir sicher, dass ich die richtige Richtung wählte. Ohne einen Blick nach rechts oder links zu werfen, eilte ich an der trostlosen Landschaft vorbei, nahm nichts davon wahr. Ich schien zu fliegen, dann kam ich abrupt zum Stehen. Ich stand vor dem Ende der Eisfläche. Vor mir tat sich ein kleiner Abgrund auf. Unterhalb der Abbruchkante gab es nichts. Lediglich eine dünne Schicht Schnee war zu erkennen, allerdings konnte man hindurchsehen und erkannte einen Abgrund. Regungslos blieb ich davor stehen und wartete ab, was passierte. Ich fühlte mich sehr unwohl. Obwohl ich springen wollte, war ich unsicher. Ich blickte konzentriert in das dunkle Loch. Ich erkannte eine Bewegung des Schnees. Eine weiße Taube flog aus dem Schnee heraus. Frei und unbeschwert flog sie umher und setzte sich auf meinen Kopf. Eine zweite Taube kam aus dem Schnee geflogen. Sie wirkte nervös und hektisch. Die Taube auf meinem Kopf erhob sich wieder und tauchte ein. Die Zweite hielt kurz vor dem Schnee inne und blickte mich vorwurfsvoll an. Danach verschwand sie in der Dunkelheit. Ich fasste neuen Mut und wagte den Sprung.

Ich tauchte durch die dünne Schneeschicht. Nach wenigen Sekunden war ich hindurch. Ich flog in der Luft und fiel langsam nach unten. Um mich herum waren dunkelbraune Felsen. Am oberen Ende des

Felsen stand ein riesiger Löwe und schaute ziemlich unglücklich. Vom Boden her kam ein helles Licht, welches eine wohlige Wärme ausstrahlte. Ich fiel schneller und schneller, kam dem Licht näher, trotzdem war mir kalt. Überall um mich herum flogen die weißen Tauben und waren vergnügt und ausgelassen. Ich sah den Boden auf mich zukommen. Er war grau und wirkte tot, auf ihm wuchsen keine Pflanzen. Meine Laune verschlechterte sich, als ich den kargen Boden erblickte. Der Aufprall war hart, aber nicht schmerzhaft. Ich rappelte mich auf und blickte auf eine riesige Feuerwand. Darin spiegelten sich die Bilder einiger Tauben wieder. Die Beiden von vorhin waren auch dabei. Wieder schauten sie mich vorwurfsvoll an. Ich erkannte die Fröhlichkeit des Lebens hinter dieser Wand. Ich wollte unbedingt hindurch. Ich ging einen Schritt vorwärts, wich aber wieder zurück, als ich einen ohrenbetäubenden Schrei hörte. Ich schaute nach oben. Der Löwe hielt nun ein Gewehr in seinen Händen. Er zielte in die Luft und versuchte die Tauben abzuschießen. Wieder ertönte ein Schrei. Ich hielt mir die Ohren zu und blickte mich um. Ich schaute erneut nach oben, eine der Tauben kam ins Trudeln und fiel leblos zu Boden. Eine Zweite schrie und ihr erging es genauso. Ich blickte den Löwen an, und sah, dass er nun glücklicher war. Er lächelte und seine Zähne lugten ein kleines Stück aus seinem Maul heraus. Ich machte einen Schritt auf die Wand zu. Ich war nun sicher, dass ich hier nicht bleiben wollte.

Ich war nur noch einen Schritt entfernt, als mir eiskalt wurde. Ich zitterte am ganzen Körper. Ich blickte in die Flammen hinein und sah glückliche Gesichter. Ich spürte die Wärme der anderen Seite. Unter Begleitung eines dritten schrillen Schreis durchtrat ich die Flammen.

Als ich meine Augen öffnete, war es bereits Nacht. Mein Herz raste und ich atmete schwer. Dennoch war es eine ungewöhnlich milde Nacht. Ich hoffte, dass der nächste Tag einfach wieder so sein würde, wie es in den letzten Jahren war. Ohne Eisbär, ohne Alptraum. Ich wartete auf die Sonnenstrahlen, die der Morgen bringen würde. Ich wusste nicht, wie ich mich fühlte, mir war leicht unwohl, aber es ging mir gut. Der leichte Wind gab ein wohltuendes Rauschen von sich. Das Meer machte mich schläfrig, wiegte mich sanft. Ich wurde zunehmend ruhiger und bekam Lust darauf, zu schlafen. Ich schloss meine Augen.

Ich konnte mich nicht am Anblick der Landschaft erfreuen. Das gestrige Erlebnis steckte noch in meinem Kopf. Mir tat der Eisbär leid. Es war wärmer als sonst. Es war zuletzt häufiger recht warm hier. Es war nicht normal. Ich hatte schon kältere Sommer erlebt. Es war absolut windstill. Die Eiszapfen an meiner Nase tropften, sie schmolzen bei der Wärme der Sonne. Im Wasser war außer ein paar Eisschollen nichts. Auch diese schienen immer kleiner zu werden und hatten einen nassen Film auf der Oberfläche. In der Ferne ragte etwas aus dem Meer hervor. Ich konnte nicht erkennen, was es war. Es musste gigantisch sein, wenn ich es so weit entfernt sehen konnte. Die Strömung trieb mich darauf zu.

Die Sonne stand senkrecht, als ich ankam. Es war ein riesiger Eisberg. Meterhoch ragte er aus dem Wasser heraus. Immer wieder fielen kleinere Eisbrocken davon ab. Sie erzeugten Wellen, als sie die Wasseroberfläche durchbrachen. Das Meer war hier sehr wild, die Wellen erzeugten einen Sprühnebel. Ich wurde dagegen gedrückt. Das Eis war kalt und hart. Direkt neben mir schlug ein großes Stück ein.

Ich wurde zurückgestoßen, doch im nächsten Moment prallte ich wieder gegen den Eisberg. Die Wucht war enorm. Durch den Stoß machte ich eine Rolle und mein Kopf war kurz unter Wasser. Ich war wieder an der Eiswand. Ich konnte nicht fort, die Wellen drückten mich sofort dagegen. Also wartete ich ab. Ich betete, dass ich aus dieser Situation wieder herauskommen würde, schloss meine Augen. Ich hörte ein knackendes Geräusch. Es war leise, doch ich erkannte, dass es sich um zerbrechendes Eis handelte. Ich erinnerte mich an den Eisbären. Ich öffnete meine Augen und blickte nach oben. Ich sah, wie ein riesiges Stück direkt über mir abbrach. Es wurde schneller und drehte sich in der Luft. Ich war gefangen. Ich konnte nicht ausweichen.

Ich wurde getroffen und das Eis drückte mich unter Wasser. Der Schlag machte mich leicht benommen. Für einen Moment nahm ich alles nur noch verschwommen wahr. Ich wusste, dass ich noch lebte, doch ich war nicht glücklich. Ich konnte überhaupt nichts fühlen. Keine Angst, keine Freude und keine Traurigkeit. Mein Kopf drehte sich nach unten zum Meeresboden hin. Zunächst sah ich nur das

Schwarz der Tiefe, danach einige verschwommene Umrisse. Irgendetwas kam auf mich zu. Alles kam mir vor, als wäre es in Zeitlupe. Mein Gegenüber wurde größer. Mein Verstand wurde wieder heller, mein Blick klarer. Ich erkannte, wie ein riesiges Maul geöffnet wurde. Ich fühlte die Zunge unter mir. Es wurde dunkel.

Januar 2008: Taiji, Japan:

Die Bucht war umringt von steilen Felswänden. Es war ruhig und friedlich. Gelegentlich sah ich Fische durch das Wasser schwimmen. Wie ein kleines Ufer ragte ein Stück Land hervor, das sich zwischen zwei hohen Felswänden hervortat. Der Wasserpegel wurde davor gleichmäßig kleiner, ich konnte beinahe den sandigen Boden berühren. Darüber waren etliche Seile gespannt, von einer Klippe zur anderen, quer über das Ufer. Sie waren zwischen zwei Ebenen gespannt, die man zu Fuß von der Bucht erreichen konnte. Das Wetter war kühl und es regnete leicht. Die Landschaft war einerseits schön, aber auch sehr trostlos. Irgendetwas fehlte mir hier, auch wenn ich nicht wusste, was es war.

Am Mittag wurde die Ruhe gestört. Vier Männer saßen in einem kleinen Boot und trieben auf die Bucht zu. Der Motor des Bootes war so leise, dass man kaum hörte, wie sie sich auf dem Wasser fortbewegten. Die Männer schwiegen sich an. Sie waren sehr langsam und vorsichtig. Als sie das Ufer erreichten und ihr Boot beinahe im Sand stecken geblieben wäre, stieg der Erste von ihnen aus. Einige Worte wurden gesagt, bestimmt und kurz. Der Mann blickte kurz ins Boot und griff unter seinen Sitz. Er zog ein großes Stück Stoff vom Boot an Land und legte es in den Sand. Die übrigen drei Männer folgten ihm und legten weitere Sachen dazu. Zwei gingen links, die anderen beiden rechts den Weg zu den Ebenen auf den Klippen empor. Sie schleiften die Stoffstücke mit in die Höhe. Als sie die Ebenen erreicht hatten, legten die Männer auf der linken Seite sie auf die Seile, die über die Bucht gespannt waren, sodass sie zunächst schlaff herunterhingen. Während sie damit beschäftigt waren, sie an jeweils zwei Seilen festzumachen, bereiteten die auf der anderen Seite ebenfalls das Verdecken der Bucht vor. Als sie fertig waren, hat einer der Männer auf der linken Seite langsam und bedacht an einem der Seile gezogen. Das hinterste Stoffstück wurde zuerst ausgezogen. Langsam entfaltete sich das Laken über die Bucht und warf einen Schatten darauf. Als es komplett ausgespannt war, befestigten die Männer die Seile am Rand und gingen weiter zum nächsten Tuch. Dort wiederholten sie ihre Schritte genauso, wie schließlich bei dem dritten und letzten Stoffstück. Man konnte nun nicht mehr hindurchsehen. Es wurde noch dunkler, als es durch das Wetter ohnehin schon war. Die Männer kamen wieder herunter und stellten sich in den Sand. Sie schauten sich an und sagten noch immer sehr wenig zueinander. Als ein zweites, etwas lauteres Motorboot erschien, setzten sie sich in ihr Boot und fuhren zurück. Das andere Boot wartete an einer Seite der Klippen, die Männer kamen direkt darauf zu. Sie begrüßten sich knapp und die Männer reichten ein Netz in das zweite Boot. Dieses wurde an der Klippe befestigt und die andere Seite des Netzes wurde zurück in das andere Boot gegeben. Die Männer fuhren in einem großen Bogen zur anderen Klippe. Dort wurde das Netz ebenfalls an den Klippen befestigt. Beide Boote waren nun hinter der Absperrung durch das Netz. Bedenkenlos und ohne Probleme fuhren sie über das Netz drüber und fuhren in der Abgrenzung weiter. Vor ihnen tat sich einiges, da viele

Tiere nun gefangen waren und nicht so einfach entkommen konnten. Das Wasser bewegte sich heftig
und die Tiere waren hektisch. Mit ihren Booten fuhren die Männer in die größte Gruppe, welche ver-
ängstigt in Richtung Bucht schwamm. Einige versuchten an den Seiten der Boote entlang zu schwimmen, doch sie schafften es nicht, da die Männer das
Boot drehten und ihnen die Fluchtmöglichkeiten
verhinderten. Behutsam kamen sie näher drängten
die Tiere in die Enge. Sie wurden immer näher an
das Land herangetrieben und versuchten sich mit
schnellen, ruckartigen Bewegungen zu befreien.
Auch wenn einigen die Flucht gelingen sollte, hatten
die Männer ihr Ziel erreicht, da durch die Netze kei-
nes der Tiere in das offene Meer entfliehen konnte.
Je näher sie kamen, desto besser konnte ich erkennen, um welche Tiere es sich handelte. Die grauen
Körper mit dem weißen Streifen an der Seite kamen
immer näher zum Ufer. In regelmäßigen Abständen
wurden Wasser und Luft aus dem Meer gepustet.
Panisch wurden Rücken- und Schwanzflosse bewegt. Die Delfine hatten Angst, große Angst.

Alle Delfine waren in eine Ecke getrieben worden.
Noch immer wehrten sie sich heftig, es brachte

ihnen aber keinen Erfolg ein. In jedem der Boote blieb eine Person sitzen, um die Lage unter Kontrolle zu halten. Die anderen Männer stiegen aus und zogen die Delfine durch das Wasser, das ihnen bis zur Hüfte stand. Immer wieder blickten sie sich um und beobachteten die Umgebung. Alle hörten sofort mit ihren Tätigkeiten auf, als sie eine Person auf der Klippe sahen. Diese Person hatte eine Kamera in der Hand und visierte genau die Bucht an. An dieser Stelle war die Sicht durch die Tücher nicht verdeckt. Zwei der Männer sprangen unverzüglich auf und machten sich auf zu der Stelle, wo die Person stand. Ich erkannte, dass es eine Frau war, als sie die Kamera von ihrem Gesicht absetzte und die heraneilenden Männer beobachtete. Sie richtete ihren Film auf sie und ließ die Bucht nun außer Acht. Es hatte nicht lange gedauert, bis die Männer bei der Frau angekommen waren. Sie hielten ihre Hände vor das Objektiv der Kamera, sodass die Frau nicht weiter filmen konnte. Sie wehrte sich und versuchte die Hände von ihrem Besitz zu entfernen. Doch die Männer waren wütend und entschlossen. Sie ließen sich nicht abwimmeln und waren hartnäckig. Sie brüllten die Frau an und drohten ihr. Die Frau versuchte ruhig zu bleiben und ließ sich nicht beirren, blieb einfach auf derselben Stelle stehen. Einer der Männer nahm seine Hände weg von der Kamera, bildete eine Faust und schlug der Frau ins Gesicht. Sie hielt sich die Hand an die Nase und torkelte. Nun nahm der andere die Kamera in die Hand und riss sie samt Umhängegurt vom Hals der Frau. Diese wollte sich die Kamera zurückholen, wurde dabei aber erneut ins Gesicht geschlagen. Sie hielt sich wieder die Nase und fiel um. Der Mann, der sich die Kamera geschnappt hatte, warf sie heftig auf den Boden und trat darauf. Noch immer wütend kehrten sie zurück zu den Männern, die auf die Delfine aufpassten.

Als sie wieder im Sand standen, schickten sie jemanden hoch auf die Ebene, wo sie die Stoffe aufgehängt hatten. Bevor er sich auf den Weg machte, drückten sie ihm ein weiteres Stück Stoff in die Hand. Eilig ging er nach oben. Zwei weitere stiegen in eines der Boote und fuhren ein Stück weiter zurück, ohne jedoch die Delfine aus den Augen zu verlieren. Auf Höhe des letzten Stoffstücks blieben sie stehen und warteten, bis der andere es an der Seite herunterhängen ließ und es oben befestigte. Danach ließ er es hinunter, zu den Männern im

Boot, welche damit langsam aber sicher auf Höhe des Seiles zur anderen Seite fuhren und somit die Sicht nach außen komplett versperrten. Fast alles Licht von außen wurde aufgehalten, weshalb es recht dunkel war und ich anfangs kaum noch etwas sah. Allerdings hatte ich mich schnell an die Verhältnisse gewöhnt. Nachdem alles befestigt war, kehrten alle Männer zurück und betrachteten die Lage. Sie schauten nach, wie viele der Delfine noch hinter den Booten gefangen waren. Sie nickten sich zu und traten zu acht ins Wasser. Jeweils zu zweit verteilten sie sich auf der Fläche und jagten den Delfinen hinterher. Immer wieder versuchten sie einen von ihnen aus dem Wasser zu heben und ihn festzuhalten. Doch die Tiere waren flink und konnten ihnen immer wieder ausweichen und entkommen. Sie waren Kontakt zu Menschen nicht gewohnt. Es machte ihnen Angst, dass sie gejagt wurden.

Die Delfine schrien. Die Töne waren sehr hoch und zunächst fiel es mir schwer, sie zu hören, doch nach einer Weile konnte ich sie genau verstehen. Ich versuchte die vielen verschiedenen Stimmen zu filtern, um mich auf einzelne Stimmen zu konzentrieren. Ich schloss meine Augen und hörte genau hin. Viele der Tiere fragten sich, wo sie waren und warum man sie nicht in Ruhe ließ. Sie hatten Angst um ihr Leben, um ihre Freiheit und um ihre Freunde. Die Ungewissheit machte sie verrückt. Eine junge Delfinmutter rief aufgeregt nach ihrem Sohn. Ohne Pause rief sie seinen Namen und ob er sie hören könne. Plötzlich kam eine Antwort von einem anderen Delfin. Er klang, als würde er weinen und als sei er tieftraurig: „Wo bist du, Mama? Ich habe Angst!" Die Mutter wurde wütend und raste nun durch das Wasser, suchte panisch nach ihrem Sohn. Ihre Stimmen verloren sich wieder in der Menge. Mein Schädel brummte von all den Gefühlen, die mir entgegenkamen.

Ich öffnete meine Augen und achtete wieder auf die Männer. Noch immer bemühten sie sich, einen der Delfine zu erwischen. Obwohl es recht kalt war, stand ihnen der Schweiß auf der Stirn. Ihre Tätigkeit war anstrengend, sie atmeten schwer. Doch auch wenn ihre Kräfte nachließen, gaben sie nicht auf, denn sie wussten, dass auch die Delfine schwächer und müder wurden. Die einzige Möglichkeit der Tiere war es länger durchhalten zu können, als die Männer. Da diese merkten, dass sich ihr Vorhaben schwierig gestaltete, erhöhten sie nun die Zahl der Leute, die in einer Gruppe jagten, auf vier. Bisher waren die Delfine durchgehend unterwegs gewesen und hatten keine Pause gehabt. Dafür hatten sie auch jetzt keine Zeit, da sie sonst leichte Beute waren. Noch immer standen die Jäger mit leeren Händen da. Sie fluchten laut und redeten erst jetzt miteinander. Sie blieben einen kurzen Moment stehen und besprachen einen genauen Plan, deuteten dabei mit den Fingern einige Bewegungen an. Danach gingen sie weiter, dicht beieinanderstehend. Sie hatten eine bestimmte Ecke im Blick, wo sie den Delfin in der Falle hatten. Sie steuerten geradewegs darauf zu, den Weg immer weiter einengend. Bis auf einen Delfin hatten es alle Tiere, aus dem sich enger zuziehenden Kreis, herausgeschafft. Dieser versuchte verzweifelt, zwischen den Beinen der Männer hindurch zu schwimmen. Allerdings standen sie bereits so eng zusammen, dass ein Hindurchschlüpfen nicht mehr möglich war. Mit höchster Präzision griff einer der außerhalb stehenden Männer in das Wasser und bückte sich. Er umfasste den Körper des Tieres, welcher sich kräftig wand, um zu entkommen. Der Mann warf sich mit seinem gesamten Körper auf den Delfin und hatte ihn sicher, sodass es nicht mehr möglich war, dass er sich aus dem Griff befreien konnte. Zwei andere kamen ihm zu Hilfe und packten ebenfalls mit an. Die Männer hatten gegen den Delfin gewonnen. Sie hatten ihn fest und ließen ihn jetzt auch nicht mehr los. Nach einer Weile stellte das Tier die Verteidigung ein und ergab sich seinem Schicksal. Er wusste nur noch, dass ihm keiner helfen würde, dennoch schrie er um Hilfe.

Der vierte Mann der Gruppe verließ kurz das Wasser und ging an Land. Er hob vom Boden eine Metallstange und ein Holzstück auf. Die Metallstange behielt er in der Hand, während er das Holzstück an einen seiner Kollegen abgab. Dieser ließ den Delfin nun vorsichtig los, sodass er nur noch von zwei Männern gehalten wurde. Der Mann mit der Metallstange suchte den Rücken und Nacken des Delfins ab. Immer wieder drückte er mit seinem Daumen in die Haut des Tieres. In unregelmäßigen Abständen versuchte sich der Delfin, wieder zu befreien. Die Zwei Männer, die ihn hielten, waren aber stark genug, um ihn nicht loszulassen. Der Mann schien nun die richtige Stelle gefunden zu haben. Er hielt seinen Finger fest auf den Hinterkopf des Delfins. Nun nahm er die Metallstange an dem daran befestigten Holzgriff und setzte ihn daneben an. Mit starkem Druck stieß er die Stange in den Hinterkopf des noch lebenden Tieres. Dieses wand sich vor Schmerz, schrie und warf sich umher. Die Stange steckte noch immer in seinem Kopf. Einige Sekunden verharrte sie dort, ehe der Mann sie hin und her bewegte. Vorsichtig zog er sie zurück, um dann erneut kräftig zuzustoßen. Immer wieder drückte er das Metall in den Kopf des Delfins. Der Schmerz des Tieres wurde größer, er wehrte sich zunehmend. Es nützte nichts, er konnte sich nicht befreien. Der Mann sprach etwas zu seinem Kollegen, der das Holzstück in der Hand hielt. Dieser hielt das Stück so nah wie möglich an die Wunde und das Metall. Nach einem letzten starken Stoß holte der Mann langsam und vorsichtig die Metallstange heraus, bis sie komplett aus dem Körper verschwunden war. Unverzüglich steckte der andere das Holzstück in die Wunde, bevor Blut austrat. Das Stück steckte zunächst nicht ganz drin, weshalb der Mann die Metallstange zur Seite legte und einmal kräftig auf das Holz schlug. Es zog sich im Kopf des Tieres fest und verschloss die Wunde komplett. Nachdem der Mann seine Metallstange wieder aufgehoben hatte, nickte er den anderen zu, welche den Delfin losließen. Zügig und von Schmerzen gekrümmt schwamm dieser davon und schüttelte sich immer wieder heftig. Die andere Gruppe war ebenfalls erfolgreich und ließ gerade einen Delfin schwimmen. Da die Tiere kaum noch die Kraft aufbringen konnten, ihnen zu entkommen, dauerte es nicht lange, bis die Nächsten gefangen waren.

Zwei Männer hielten einen Delfin fest, der noch sehr jung und klein war. Es war der Sohn, der vorhin von seiner Mutter gesucht wurde. Verzweifelt schrie er nach ihr und versuchte sich aus dem Griff zu lösen. Die Mutter schwamm panisch durch das Wasser und suchte ihren Sohn. Währenddessen diskutierten die Männer, die ihn gefangen hatten, darüber was sie mit diesem kleinen Tier machen sollten. Der mit der Metallstange ging einmal um ihn herum und schaute sich an, ob es groß genug war. Er nickte den anderen zu. Die Mutter hatte nun ihren Sohn entdeckt und griff die Männer an. Sie stieß mit ihrer großen Schnauze an das Bein einer der Männer. Dieser wankte, konnte sich aber auf den Beinen halten. Da die Mutter nicht nachließ, beeilten sich die Männer. Immer darauf bedacht, was die Mutter gerade machte, setzten sie ihre Arbeit fort. Der Mann nahm die Metallstange und rammte sie mit aller Wucht in den Hinterkopf. Der ganze Körper des jungen Delfins zuckte. Er schrie sehr laut und hatte große Schmerzen. Der Mann stach ein weiteres Mal zu. Die Bemühungen des Delfins wurden weniger und die Männer verschlossen die Wunde.

Die Arbeit der Männer war erledigt. Sie verließen das Wasser und warteten darauf, dass die Delfine starben, sie schauten ihnen dabei zu. Ich fühlte mich hilflos, weil ich nichts für die armen Tiere machen konnte. Die Bewegungen durch das Wasser wurden langsamer, die Zuckungen ließen nach. Ich hörte die verzweifelten Worte der sterbenden Tiere. Ihre Stimme war schwach und leise. Ich hörte die Mutter bei ihrem letzten Gespräch mit ihrem Sohn. Sie versuchte ihre eigene Angst zu überwinden, um auch ihrem Sohn Mut zu machen.

„Hörst du mich mein Sohn, wo bist du?" Nach einer kurzen Zeit antwortete eine Stimme, die kaum zu hören war. „Ich habe Angst, was passiert hier?" Die Mutter musste schlucken und überlegte, was sie ihm sagen könnte. „Du brauchst keine Angst zu haben, ich bin bei dir." Mit einem zögerlichen Lächeln sprach sie zu ihrem Sohn. „Erinnerst du dich an die

Worte, die ich dir früher immer gesagt habe? Sag sie mit mir und glaube fest daran, dass sie wahr werden." Der Delfinjunge musste kurz überlegen, konnte sich dann aber an die Worte erinnern. Gemeinsam begannen sie zu beten: „Denn mein Fels und meine Festung bist du; und um deines Namens willen führe mich und leite mich! Ziehe mich aus dem Netz, das sie mir heimlich gelegt haben; denn du bist mein Schutz. In deine Hand befehle ich meinen Geist. Du hast mich erlöst, HERR, du Gott der Treue! Ich hasse die, die sich an nichtige Götzen halten, doch ich, ich traue auf den HERRN."[1] Eine Träne lief über ihre Wangen. „Mein Kopf tut weh, er sinkt unter Wasser, ich kann ihn nicht mehr bewegen." Er drehte sich langsam auf den Rücken und blieb in dieser Lage regungslos im Wasser. „Ich werde sterben, nicht wahr?" Der Sohn hatte seine Lage begriffen, seine Mutter machte sich keine Mühe mehr, ihm diese Angst zu nehmen. „Ja mein Sohn, doch das macht nichts. Glaube mir, es wird dir gut gehen. Ich werde eine Zeit nicht bei dir sein, doch ich werde dir folgen. Hab keine Angst, denn du wirst beschützt. Warte auf mich und wir werden

---

[1] Psalm 31, Verse 4-7

glücklich, wie wir es noch nie waren. Und nun mach deine Augen zu, dann hast du keine Schmerzen mehr. Ich liebe dich!" Der Sohn tat, wie seine Mutter es ihm sagte und schon kurz danach war er von seinem Leid erlöst. Auch in ihrem Kopf drehte sich alles und sie hatte starke Kopfschmerzen. Sie spürte Hitze und Kälte gleichzeitig, schließlich fühlte sie gar nichts mehr. Sie bekam keine Luft mehr. Sie hatte keine Kontrolle, konnte nicht mehr nach oben. Sie schloss ihre Augen und so nahm Gott auch sie in seine Arme und beschützte sie.

Die Männer räumten auf und verstauten die ersten Delfine in ihrem Boot. Sie legten sie vorsichtig hinein, damit sie äußerlich keinen Schaden nahmen. Als das Boot voll war, legten sie die Stoffstücke darüber, die zuvor über der Bucht aufgehängt waren, bis man sie nicht mehr sah und das nächste Boot beladen wurde. Kein einziger Delfin hatte überlebt, und als auch das zweite Boot beladen war, stiegen die Männer hinein und fuhren los. Sie fuhren über die Netze drüber und ließen sie einfach hängen. Sie entfernten sich schnell von der Bucht und die anfängliche Stille kehrte zurück. Ich war wieder allein. Noch immer regnete es leicht. Die Schönheit dieses

Ortes hatte etwas so Gegensätzliches zu dem, was ich erlebt hatte. Ich schüttelte meinen Kopf über die Männer und schaute mir die Landschaft an. Ich betete für all die Delfine, die hier heute ihren Tod fanden. Mögen sie in Frieden ruhen. Gott beschütze sie.

1. Juni 2009: Atlantischer Ozean:

Der Regen war stark und prasselte auf meinen Körper. Die Nacht war noch dunkler als sonst, da die Wolken kein Licht hindurchließen. Auch der Mond war nicht zu sehen. Mit Ausnahme der Blitze war Dunkelheit. Der Donner grollte bedrohlich. Die Wellen türmten sich hoch auf, sodass das Meer sehr unruhig war. Ich fühlte mich frei und genoss den Regen. Auch wenn mir die Sonne stets ein gutes Gefühl gab, tat mir die Abwechslung gut. Die unheimliche Stimmung gab mir einen kalten Schauer über den Rücken. Ich erinnerte mich an die Situation vor vielen Jahren. Das Wetter war ähnlich wie heute und mir gelang die Freiheit. Ich hatte seitdem schon des Öfteren ein Gewitter miterlebt, doch so heftig wie heute war es noch nie.

Ich versuchte, bei allem Auf und Ab etwas zu erkennen. Ich musste mich dabei darauf verlassen, dass ein Blitz mir genug Licht gibt. Bei jedem Blitz leuchteten die Wolken auf und erstrahlten kurzzeitig in gleißendem Weiß. Um mich herum war nichts. Nur das Meer, die Wolken und ich. Das Dröhnen des Donners wurde durch die Wellen noch verstärkt. Jeder Mensch, der sich in diesem Moment hier befinden würde, würde sich unwohl fühlen. Auf einem Schiffsdeck wäre alles menschenleer, jedermann hätte sich in seine Kabine zurückgezogen. Ich war anders. Ich freute mich und hatte Spaß in meinem Element zu sein. Ich schwieg und ließ mir vergnügt den Regen auf die Stirn prasseln. Ändern konnte ich an meiner Situation sowieso nichts. Ich dankte Gott dafür, dass ich hier sein durfte. Ich konnte meine Freiheit ausleben und tun, was ich wollte. Obwohl das Wasser etwas wärmer sein könnte, hatte ich keinen Grund mich zu beklagen. Ich schloss meine Augen und ließ mich von den Wellen in Trance wiegen. Ich bekam alles mit, doch ich war so entspannt, dass es mir wie in einem Traum vorkam. Meine Sorgen waren wie weggeblasen und ich war glücklich. Ich lächelte.

Eine Welle drückte mich unter Wasser. Hier herrschte absolute Ruhe. Nichts hörte man von dem draußen tobenden Sturm. Man hörte nicht, die sich gegenseitig brechenden Wellen, nicht das Pfeifen des Windes. Ich spürte die Unruhe der Meeresbewohner angesichts der Witterung. Einige Fische schwammen nervös um mich herum. Obwohl man hier unten relativ wenig davon mitbekam, spürten sie, dass etwas anders war. Ich wurde nach oben getrieben. Als mein Kopf wieder aus dem Wasser ragte, musste ich mir die Ohren zuhalten. Der Donner war mir zu laut, nachdem ich mich an die kurze Ruhe gewöhnt hatte. Ebenso kniff ich meine Augen zusammen. Das helle Licht des Blitzes hatte ich unter Wasser nur schemenhaft gesehen. Das alles konnte meine gute Laune nicht beiseiteschieben. Ich hatte stets davon geträumt, eine solche Situation zu erleben. Wenn Natur noch Natur ist und sich mir keine Käfige auftun. Ich war mein ganzes Leben auf dem Meer und möchte es nie verlassen. Es gab in diesem Moment niemanden, der glücklicher war als ich. Freiheit ist, ohne Zwänge zu leben. Freiheit ist, die Möglichkeit, über sich selbst zu entscheiden. Doch die absolute Freiheit ist, nicht arbeiten zu müssen, keinen Druck, keine Sorgen zu haben und einfach zu leben. Danke, lieber Gott, denn ich bin frei.

Ein Blitz schlug direkt neben mir in eine der Wellen ein. Der Strom floss vom Wasser in meine Füße und durch meinen Körper. Es kribbelte stark und fühlte sich sehr merkwürdig an. Mir wurde kurz schwarz vor Augen. Eine wohlfühlende Wärme zog durch meine Glieder. Von der Stelle, an der der Blitz eingeschlagen hatte, gingen weitere kleine Wellen aus. Diese wurden schnell von den sie umgebenden Größeren verschlungen. Rasch hatte sich die Lage wieder entspannt und alles war wie zuvor. Der Wechsel von hell und dunkel bestimmte nach wie vor das Bild im Himmel. Eine besonders große Welle kam frontal auf mich zu. Sie wurde größer und größer. Ehe ich mich versah, befand ich mich wieder komplett unter Wasser, doch der Auftrieb sorgte dafür, dass ich am Ende auf der Welle schwamm. Die Aussicht war überragend, denn ich konnte über die anderen Wellen hinwegschauen. Für einen Augenblick fühlte ich mich wie ein König. Ich wollte nie mehr herunter von meinem Thron.

Ich nahm ein extrem helles Licht wahr. Eine große Hitze breitete sich in mir aus. Sekundenlang sah ich nichts als das Weiß des Lichts. Jede Bewegung fiel mir schwer und war sehr schmerzhaft. Wieder spürte ich ein Kribbeln im ganzen Körper. Es war deutlich stärker als zuvor und lähmte mich fast komplett. Ich versuchte nach Luft zu ringen, doch es gelang mir nicht. Ich verlor die Kontrolle über meinen Körper und fiel in die Dunkelheit.

Alles fühlte sich merkwürdig an. Obwohl ich meine Augen nicht öffnen konnte, erkannte ich nach und nach wieder etwas Helligkeit. Die Dunkelheit wurde immer stärker verdrängt, bis sich vor mir ein riesiger, nicht endender Raum komplett in Weiß erschloss. Meine Sicht war verschwommen und unscharf. Ein weiteres Mal versuchte ich, meine Augen zu öffnen. Es gelang mir erst nach einer Weile. Ich riss sie so weit auf, wie es mir möglich war. Noch immer sah ich nur die Leere des Raumes, allerdings viel schärfer als zuvor. Mit dieser Erkenntnis ging es mir erst mal besser, obwohl ich noch immer nicht wusste, was passiert war und wo ich war. Ich versuchte, mich zu beruhigen und ein Liedchen zu summen. Zwar hatte ich eine klare Melodie im

Kopf, allerdings hatte ich keine Stimme. Also tat ich einige Minuten nichts und mein Herz hatte bald aufgehört zu rasen. Nachdem ich erneut meine Stimme überprüfte und feststellen musste, dass ich noch immer nichts sagen konnte, versuchte ich mich zu bewegen. Überall in meinem Körper knackte es, ein kurzer, starker Schmerz zog durch meinen Rücken. Danach hatte ich keine Beschwerden mehr. Ich ging vorsichtig vorwärts. Ich hatte keine Probleme und der Körper gehorchte mir. Ich drehte mich um, sah, dass hinter mir auch nichts war. Ich blickte wieder nach vorn und ging weiter. Ich hatte die Hoffnung, das Nichts würde sich irgendwann von selbst auflösen. Ich wusste nicht, wie lang ich bereits unterwegs war, doch es kam mir wie eine Ewigkeit vor. Um mich herum hatte sich nichts geändert. Ich brauchte eine Pause und setzte mich hin. Ich umfasste meinen Kopf und war verzweifelt. Ich wusste nicht, was ich tun sollte. Ich atmete kräftig ein. Ich atmete kräftig aus. Nichts passierte. Statt in Panik zu verfallen, wurde ich unerwartet ruhig. Unbewusst begann ich, zu pfeifen. Ich war überrascht, als ich den ersten Ton hörte. Ich pfiff weiter und genoss es, dass ich wieder Töne ausstoßen und hören konnte. Meine Hoffnung kehrte zurück. Ich stand auf und überlegte. Ich setzte mich wieder hin. Ich schloss meine Augen und begann zu beten. Ich wusste nicht, worüber ich beten sollte, doch es erschien mir in dieser Situation als das Richtige. In dem Moment, in dem ich meine Gedanken an Gott verlor, bemerkte ich, wie schön die Ruhe hier war. Ich konzentrierte mich. Mir gefiel dieser Ort, obwohl er eintönig und langweilig war. Dennoch war ich mir nicht sicher, ob ich hier bleiben wollte. Ich versuchte, nach wie vor zu Gott gewandt, darüber nachzudenken. Es würde wohl sehr langweilig werden. Ich war alleine. Doch auch auf dem Meer war irgendetwas nicht in Ordnung. Ich hatte die Fische, die Vögel und viele weitere tierische Freunde. Ich war immer glücklich gewesen, doch jetzt merkte ich, dass mir etwas fehlte, wusste jedoch nicht, was es war.

Ich wurde aus meinen Gedanken geschüttelt. Ich hörte jemanden mit mir reden. Ich blickte auf, konnte aber nach wie vor niemanden erkennen.

„Carl!" Wieder hörte ich es. Klar und deutlich rief jemand meinen Namen. Ich drehte mich um und schaute hinter mich. Auch dort sah ich niemanden. Ich fragte mich, ob ich mir alles nur einbildete. Kopfschüttelnd drehte ich mich zurück. Ich erschrak, als ich vor mir eine weitere Gummiente sah. Ich rieb mir die Augen und schaute noch einmal. Ich konnte sie so klar erkennen, wie ich wusste, wie ich heiße, ich bildete sie mir nicht ein. Ich ging einen Schritt auf sie zu. Als ich einen zweiten Schritt machen wollte, stieß ich vor eine unsichtbare Mauer. „Ich hoffe es geht dir gut, Carl." Wieder sah ich mich überall um, konnte niemanden erkennen. „Nun, du kannst mich nicht sehen, aber ich bin doch da. Doch es ist nicht nötig, dass du mich siehst, es reicht, wenn du mich hörst." Ich nickte, war sehr irritiert. Die unbekannte Stimme drang direkt in meinen Kopf. Es hörte sich anders an, als ein normales Gespräch.

„Ich nehme an, du weißt nicht, wo du bist. Es tut mir leid, aber ich werde es dir auch nicht erklären. Ich bin mir sicher, dass du von alleine darauf kommen wirst. Dennoch werde ich versuchen, deine Verwirrung ein wenig aufzulösen. Es hat einen Grund, weshalb du hier an diesem seltsamen Ort bist." Die Stimme machte eine kurze Pause. „Ich freue mich natürlich, zu sehen, dass du dich auf der Erde und auf dem Meer wohlfühlst. Du glaubtest bis jetzt, dass du frei wärst und keine Zwänge hast. Dies ist wahr, aber ich muss dir sagen, dass du einen Auftrag für mich zu erledigen hast. Du wirst dich wundern, warum gerade du deine Freiheit aufgeben musst, wirst dich fragen, was du schon tun kannst. Nun sei gewiss, dass du selber darauf kommen wirst, worum es bei dem Auftrag geht. Wenn du dein Leben ohne dies weiterführen möchtest, kannst du es tun, du hast die freie Wahl. Wenn du mein Angebot ablehnen solltest, wirst du in keiner Weise bestraft, doch ich verspreche dir, dass es nicht zu deinem Nachteil sein soll, wenn du mir hilfst. Wenn du ihn erfolgreich abgeschlossen hast, wirst du belohnt werden. Siehst du die Ente vor dir? Sie heißt Catherine. Sie wartet schon so lange darauf, dass du ihr endlich begegnest. Hab keine Angst vor dem Auftrag, denn du wirst erfolgreich sein, wenn du einfach das tust, was du für richtig hältst. Ich helfe dir dabei. Wenn du näher an Catherine herangehst, wirst du zurückkehren, um mir zu helfen. Wenn du es nicht tun willst, drehe dich um und gehe einen Schritt in die andere Richtung. Auch in diesem Fall würdest du auf das Meer zurückkehren, würdest dein Leben lang dortbleiben. Triff deine Entscheidung und lebe wohl. Ich hoffe, wir werden uns irgendwann wiedersehen." Damit verstummte die Stimme. Ich zögerte.

Ich atmete noch einmal tief durch und ging einen Schritt vor. Die unsichtbare Mauer war fort. Ich konnte weitergehen. Ich war nur noch einen Schritt von ihr entfernt. Sie war wunderschön. Ihre gelbe Körperfarbe war kräftig. Die orangene Farbe des Schnabels war voller Energie, aber doch dezent. Am meisten strahlten mich ihre Augen an. Sie zeigten etwas Freundliches und Warmes. Ich wollte auch den letzten Schritt an sie herangehen, doch sie stand bereits vor mir. Als ich Auge in Auge mit ihr stand, fühlte ich mich wohl und geborgen. Sie küsste mich.

Alles begann, sich zu drehen. Mir wurde schwindelig, sodass ich die Augen schließen musste. Als ich sie wieder öffnete, hörte ich ein Rauschen und Toben. Ich war wieder im Meer. Das Gewitter hatte sich noch nicht gelegt und es donnerte und blitzte unverändert stark. Ich wusste, dass mir bisher zwei Dinge gefehlt haben. Diese zwei Dinge machten mich reich, ich war glücklich. Wunschlos glücklich.

Mit einem starken Magenkribbeln trieb ich weiter auf den Wellen. Das Gefühl war merkwürdig und fühlte sich wunderbar an. Es war, als hatte ich mein gesamtes Leben auf dieses Gefühl gewartet. Eine

111

wohlige Wärme ging von meinen Gedanken aus. Der Regen fiel vom Himmel auf meinen Körper. Er lief mein Gesicht herunter, tropfte von meinen Augenlidern auf den Schnabel und fiel als Tropfen in das Meer. Von meinem Rücken floss der Regen an den Seiten herunter. Ich hatte das Gefühl, dass der Regen stärker wurde. Das Wasser lief über meinen Hals und meinen Bauch in das Meer. Für einen kurzen Augenblick nahm ich meinen Kopf nach oben und ließ meinen Mund voll Wasser laufen. Dann schaute ich nach unten und das Wasser lief aus meinem offenen Schnabel. Die Wellen trieben mich noch immer auf und ab. Trotz der Dunkelheit war für mich alles hell. Ich spürte etwas in mir. Es gab mir Kraft und Zufriedenheit. Ich wartete ab, was der Tag bringen würde.

Ich hatte mich bereits an das Toben des Windes gewöhnt, die Wellen spürte ich kaum noch. Auch die wechselnden Lichtverhältnisse störten mich nicht mehr, es gab eh nichts zu erkennen, was interessant gewesen wäre. Trotzdem blendete mich jeder Blitz aufs Neue. Die Wolken sahen dabei aus, als würde ein weißgelbes Feuer darin brennen. Der Himmel sah zornig aus und es wirkte so, als wollte er seinen

Zorn auf mich entladen. Ich ließ mir eine weitere starke Windböe ins Gesicht wehen. Ich schloss meine Augen und streckte mich aus. Ich ließ es mir gut gehen und träumte ein wenig vor mir hin.

Ganz leise nahm ich ein Geräusch wahr. Ich hatte es noch nie vorher gehört. Ich versuchte mich umzuschauen, konnte aber durch die hohen Wellen und den in diesem Moment aussetzenden Blitz nichts erkennen. Alles war dunkel, doch das Geräusch wurde langsam lauter. Durch die vielen Nebengeräusche konnte ich es nicht genau bestimmen. Bevor ich hinter einer Welle verschwand, dachte ich ein Licht gesehen zu haben. Ich wartete, bis ich wieder auf erhobener Position war. Ich konzentrierte mich auf diesen einen Punkt, an dem ich das Licht gesehen hatte. Ich starrte gebannt auf die Stelle und erkannte ziemlich genau zwei Lichter. Sie waren klein und schienen sehr weit oben zu sein. Mit der Zeit kamen sie immer näher. Sie fielen weiter herunter und kamen dichter heran. Auch das Geräusch wurde zunehmend lauter.

Die Zeit verging und ich sah, dass die Lichter der Meeresoberfläche immer näher kamen. Sie waren nicht mehr weit von mir entfernt und kamen direkt auf mich zu. Ein besonders starker Blitz zeigte mir, was ich vor mir hatte. Ein Flugzeug befand sich im Flug über dem Meer. Es musste ein Problem haben, da es sonst nicht so tief fliegen würde. Der Blitz verlosch und das Dröhnen des Flugzeuges durchdrang die Dunkelheit. Die Scheinwerfer waren bereits so nahe, dass man das Meer besser sehen konnte. Ein weiterer Blitz erschien. Diesmal schlug er direkt in das Gehäuse des Flugzeugs ein. Das Flugzeug flog weiter, ohne die Flugkurve zu verändern. Doch auch wenn der Blitzschlag nichts bewirkte, war die Lage für das Flugzeug aussichtslos. Mir stockte der Atem. Ich musste zusehen, wie es die letzten Meter zur Wasseroberfläche verlor. Die Flugbahn war nahezu parallel zum Meer. Mit der Spitze schlug es in eine der Wellen ein.

Das Flugzeug zerbrach zunächst in zwei große Teile, ein Riss halbierte das Metall. Die beiden Teile fielen auf die Wasseroberfläche und zerteilten sich noch weitere Male. Eine große Welle verschluckte die Teile. Nur mit Mühe konnte man noch erkennen, dass es mal ein Flugzeug gewesen war. Scharfkantige Metallteile tauchten wieder aus der Welle auf. Ich wurde genau auf die Unfallstelle zugetrieben.

Ich versuchte, mehr als das Metall zu erkennen. Die Teile des Wracks waren weit zerstreut. Sowohl vor, als auch hinter mir sah ich sie verteilt. Direkt vor mir tat sich eines aus dem Wasser auf. Mit Mühe konnte ich die abgeschnittene Aufschrift „… nce" lesen. Plötzlich wurde ich hochgehoben. Aus dem Wasser stieg einer der Sitze aus dem Flieger. Das nasse und kalte Leder fühlte sich eklig an. Die Rückenlehne hatte sich bereits abgelöst. Daneben durchdrang etwas anderes die Oberfläche. Da sich der Blitz gerade wieder auflöste, musste ich bis zum Nächsten warten, um es zu erkennen. Als endlich das erhellende Licht erschien, erschrak ich heftig und mein Herz begann zu rasen. Neben dem Sitz tauchte eine menschliche Hand auf. Soweit ich es sehen konnte, war sie sehr hell. Der Hand folgte der gesamte Arm, dann die Schulter, bald war der ganze Körper zu sehen. Ich erkannte das Gesicht einer Frau, die ein kurzes Shirt anhatte. Auf ihren Armen waren unzählige rote Streifen und Flecke. Ihr Oberarm war verdreht, der Knochen vermutlich gebrochen. Unter ihrer Nase war ein leichter blutiger Rand zu erkennen, der nach und nach vom Regen weggespült wurde. Ihren Augen blickten ängstlich und traurig aus den Höhlen. Ihr Mund stand leicht offen, ihr fehlte ein Zahn. Als ich sie ansah, wie sie dort lag und leblos auf dem Wasser trieb, wurde auch ich traurig, mir lief eine Träne über die Wangen. Mein Blick fiel auf eine Kette, die sie um ihren Hals trug. Es war ein Kreuz mit einer Aufschrift.

Gott wird sie beschützen. So wie er mich beschützen wird. Er wartete auf mich, Catherine wartete auf mich. Vielleicht hatte er auch auf diese Frau gewartet, es musste so sein. Doch ganz bestimmt gab es in dieser Welt jemanden, der auf sie wartete. Sie werden nie erfahren, was mit ihrer Freundin, Kollegin, Mutter oder Ehefrau passiert ist. Niemand wird es je wissen. Nur das Meer weiß es, doch das Meer schweigt.

Ich meinerseits wollte Catherine nicht warten lassen. Ich wurde schwächer und fühlte mich erschöpft. Meine Gedanken lösten sich langsam im Nichts auf. Ich konnte meine Augen nicht offen halten, sie fielen zu. Catherine, ich komme.

12. Januar 2010: Port-au-Prince, Haiti:

Das Meer war ruhig, die Sonne schien. Die Menschen waren an diesem wunderschönen Nachmittag rundum zufrieden. Sie gingen ihren gewohnten Tätigkeiten nach und hatten ein Lächeln auf den Lippen. Eine Frau ging mit ihren Kindern und ihrem Mann spazieren. Es war ein schöner Tag, doch die Eltern schienen besorgt zu sein. Sie schauten sehr ernst und diskutierten über ihre finanziellen Sorgen. Die Kinder bekamen von all den Sorgen nicht viel mit, sie waren wohl noch zu jung. Sie tollten vergnügt umher und spielten miteinander. Doch sie hatten nicht viel Zeit zum Spielen, die Eltern nahmen eilig ihre Kinder und gingen nach Hause.

Der Nachmittag schritt voran. Die Menschen zogen sich langsam in ihre Häuser zurück. Auf den Straßen wurde es zunehmend einsamer. Es wurde ruhig und mit der Zeit war die Stadt wie leer gefegt. Ich fragte mich, weshalb niemand mehr draußen war; die Sonne schien noch, es war mild und windstill. Ich vermisste das fröhliche Lachen der Kinder. Hinter mir erreichten einige Fischerboote den Hafen. Sie hatten schon seit einer Weile keine gute Beute mehr gemacht. Unzufriedene Männer gingen von den Booten. Weitere Boote folgten. Die Männer sagten alle kein Wort, es war weiterhin still. Zwei von ihnen setzten sich am Hafen auf eine Bank. Sie schlossen die Augen und beteten. Sie beteten vermutlich für einen besseren Fang am morgigen Tag. Die Stille wurde von einem Rumoren der Erde gestört. Es war nicht sehr stark, doch das Wasser wurde in leichte Schwingungen versetzt. Die Männer hatten es wohl nicht mitbekommen, daher ließen sie sich nicht stören. Die Ruhe kehrte zurück. Es war nahezu gespenstisch. Niemand reagierte. War ich der Einzige, der es mitbekommen hatte? Entspannt wie zuvor wurde die Arbeit fortgesetzt. Die meisten Männer, die in den Booten ankamen, gingen sofort zu ihren Familien. Sie hauchten den Straßen wieder Leben ein, obwohl sie weiterhin nichts sagten. Wartende Frauen schauten aus den Fenstern der Heimkehr ihrer Männer entgegen. Auch die beiden Männer auf der Bank standen nun auf, um zu ihrer Familie zu gehen. Sie wollten ihren allabendlichen Ritualen nachgehen. Doch dann wackelte die Erde erneut. Diesmal bemerkte es jeder.

Das Beben war stark und mehr als das schwache Rumoren von vorher. Ich hatte ein unwohles

Gefühl. Das Meer schickte Wellen auf die Reise. Die Männer auf der Straße legten sich auf den Boden und hielten ihre Hände schützend über ihren Kopf. In den Mauern der Häuser bildeten sich Risse. Sie wurden immer größer und zogen sich über die ganze Wand. Das erste Haus brach unter der Belastung des Bebens zusammen. Die Trümmer türmten sich zu einem großen Haufen auf. Staub wirbelte durch die Luft. Nach und nach fielen immer mehr Häuser unter der Erschütterung zusammen, nur wenige Häuser hielten der Naturgewalt stand. Die Boote wurden von den Stegen weggedrückt und von den Wellen an Land gedrückt. Sie gingen kaputt und das Holz lag verteilt auf der Straße. Eine Welle erwischte auch mich und ich wurde auf die Straße gespült. Erst jetzt erkannte ich das wahre Bild des Schreckens. Die Häuser stürzten ein, als wären sie aus Bierdeckeln gebaut. Die Menschen hatten keine Möglichkeit zu entkommen. Sie waren gefangen. Alles drehte sich und wackelte. Ein Brocken aus Stein und Beton fiel neben mir auf den Boden. Er war größer als ich selbst. Die Erde beruhigte sich wieder, eine scheinbar beruhigende Stille kehrte zurück.

Es dauerte einige Augenblicke, bis die Erkenntnis bei den Bewohnern kam. Die Menschen auf den Straßen und in den Häusern, die das Beben überstanden, sammelten sich alle vor den Trümmern und begutachteten den Schaden. Die Ersten begannen zu den Trümmerhaufen zu gehen und mit blanken Händen die Teile zur Seite zu räumen. Ihre Lieben waren noch darunter. Sie mussten sie befreien. Panik brach aus und auf der Straße herrschte heilloses Chaos. Menschen schrien und weinten. Viele Häuser standen nicht mehr. Jeder half mit und beseitigte die Trümmer. Überall in der Stadt war etwas zu tun. Die Menschen waren nicht genug, es wurde dringend Hilfe benötigt. Verzweifelte Männer riefen die Namen ihrer Frauen, Mütter riefen die ihrer Kinder und überall hoffte man auf ein Wunder. In meiner unmittelbaren Nähe legte ein Mann die Grundrisse seines Hauses frei. Er hielt immer wieder inne, um sich nach Stimmen umzuhören. Plötzlich hatte er eine Hand entdeckt und begann nun, seine Bemühungen noch einmal zu erhöhen. Seine Bewegungen wurden schneller und zielgerichteter.

Mittlerweile waren einige Ärzte angekommen und versorgten die Verletzten und halfen bei der Suche nach Überlebenden. Es hatte sehr lange gedauert, bis sie eintrafen, doch die Straßen waren in einem miserablen Zustand.

Der Mann, der die Hand entdeckt hatte, machte bei seinen Räumungsarbeiten große Fortschritte. Er versuchte die Person herauszuziehen, hatte jedoch keinen Erfolg. Hastig nahm er weitere Trümmer- teile und räumte sie zur Seite. Minuten später hatte er genug zur Seite geschafft. Er konnte eine Frau aus den Trümmern heben. Sie war erschöpft und schwach, aber sie lächelte, überglücklich endlich ge- rettet worden zu sein. Ihre Arme und Beine waren zerkratzt. Der Mann rief einen Arzt herbei, doch es war so viel zu tun, dass es eine ganze lange Weile dauerte, bis er endlich kam. Der Mann übergab ihm seine Frau, nachdem er ihr einen Kuss gegeben hatte. Vor Freude stiegen mir einige Tränen in die Augen. Aus allen Winkeln der Stadt hörte man die Menschen husten, der Staub hatte sich in Nase und Mund festgesetzt. Alle arbeiteten, die ganze Stadt war auf den Beinen. Ich war fasziniert von solchem Eifer, seine Lieben zu retten. Auch am Kirchturm der Stadt wurde gearbeitet. Er war voller Risse an der Außenwand, aber hatte das Beben überstanden. Die Menschen, die dort beschäftigt waren, riefen etwas und rannten eilig fort. Plötzlich brach der Turm ein. Eine Säule aus Staub und Beton sank senkrecht zu Boden. Beim Aufprall war noch ein letztes Mal die Glocke erklungen, danach kehrte am Kirchturm Ruhe ein. Die Sonne ging unter und die Nacht brach heran. Doch die Arbeit wurde nicht gestoppt. Die Nacht wurde zum Tag gemacht.

Als das Tageslicht zurückkehrte, sah man den Menschen die Müdigkeit und Anstrengung an. Sie hatten die ganze Nacht durchgearbeitet. Trotz aller Bemühungen war die Arbeit mühsam und kam kaum voran. Es würde Monate dauern alles aufzuräumen. So war es nicht möglich, den Verwandten zu helfen. Ein Mann war besonders eifrig und strengte sich an, sich zu beeilen. „Camille, wo bist du? Sag etwas!" Er war auf der Suche nach seiner Frau. Er war bereits gesundheitlich angeschlagen, machte aber weiter. Er konnte nicht aufgeben. Seine Frau bedeutete ihm alles. Eine kleine Frau ging auf ihn zu. Ihre Frisur war zerzaust und ihre Kleidung war schmutzig und verstaubt. Doch sie sah relativ erholt und ausgeschlafen aus. Sie klopfte dem Mann auf die Schulter: „Ruh dich aus Eric, ich übernehme hier!" „Danke, Clare!" Eric ging betrübt von dannen. Er brauchte Schlaf, auch wenn das nicht einfach war ohne Wohnung und mit Kummer und Sorge. Clare und er mussten sich abwechseln, um effektiv zu arbeiten.

Viele weitere Tage vergingen und mittlerweile waren auch etliche Hilfskräfte eingetroffen. Auch internationale Organisationen waren nun vor Ort. Man versuchte den Menschen zu helfen, sie zu unterstützen. Man verteilte Lebensmittel und leistete seelischen Beistand. Die Meisten waren damit beschäftigt, nach Überlebenden zu suchen. Jede überlebende Person spendete den Menschen Hoffnung. Jedoch stellte auch jede tot geborgene Person den Ernst der Lage dar. Die Hoffnung schwand dann wieder. Auch Eric und Clare hatten Unterstützung erhalten. Sie machten eine kleine Pause und tranken eine Flasche Wasser. Sie beobachteten die Menschen, die auf der Straße herumliefen. Die meisten waren panisch und vermissten ebenfalls Angehörige und Verwandte. Doch sie sahen auch die Menschen, die in allen noch stehenden Häusern nach Nahrung suchten. Sie plünderten auch die Hilfspakete, die für alle da waren, nicht nur für Einzelne. Sie beobachteten einen Streit um einen Korb mit

Essen. Zwei Männer waren der Meinung, dass sie Anspruch darauf hätten. Sie wurden handgreiflich und begannen mit den Fäusten zuzuschlagen. Einige Polizisten gingen dazwischen und trennten die Männer. Keiner von beiden bekam den Korb mit den Lebensmitteln.

Eric und Clare wurden aufgeregt gerufen. Die Helfer hatten etwas entdeckt. Hastig stiegen sie die Trümmer hinauf. Sie riefen nach Camille erhielten aber keine Antwort. Sie packten mit an und die Hoffnung der beiden stieg. Einer der Helfer ging, um einen Arzt zu holen. Mit vereinten Kräften gelang es ihnen sehr schnell, Camille freizulegen. Sie zogen sie aus dem Dreck und legten sie auf den Boden. Der Arzt kam sofort herbei und untersuchte sie. Sie war nicht bei Bewusstsein. Sie atmete nicht. Er versuchte unverzüglich, sie wiederzubeleben. Die Ausrüstung war provisorisch und keine professionelle Lebensrettung. Während Eric und Clare danebenstanden, versuchte der Arzt sein Möglichstes, um Camille zu retten. Doch ohne richtiges Equipment standen die Chancen nicht gut.
Nach Minuten der Machtlosigkeit und Hoffnung war es vorbei. Camille war tot. Eric war verzweifelt

und wusste nicht, was er tun sollte und Clare stand daneben und brach in Tränen aus. Der Kampf gegen die Zeit wurde verloren. Erics Sinne schwanden und er kippte um.

Als er aufwachte, sah er in das Gesicht einer jungen, blonden Frau. Sie war eine der internationalen Helferinnen und war nun damit beauftragt, ihm Beistand zu leisten und ihn zu trösten. Clare setzte sich neben ihn. Eric richtete sich wieder auf und schlang seine Arme um Clare. Er legte seinen Kopf auf ihre Schulter und weinte. Er ließ seinen Gefühlen freien Lauf. Clare weinte ebenfalls. Die junge Frau sagte nichts und ließ die Trauernden einen Moment in Ruhe. Sie hatten gerade die wichtigste Person in ihrem Leben verloren und sie konnte jetzt nichts tun. Sie wartete ein wenig außerhalb und achtete dabei stetig auf die Beiden.

Ich trauerte mit ihnen. Das Glück einer jungen Familie mit einem Schlag zerstört. Ich musste schlucken, als ich die Beiden so eng umschlungen sah. Ich fühlte mich, als hätte ich selbst einen lieben Menschen verloren. Clare richtete ihren Kopf als Erste wieder auf. Ihr Blick war traurig und Tränen liefen ihr über die Wangen. Eric stand auf und ging zu der Stelle, an der seine Frau lag. Er weinte und berührte ihre Hände. Er strich ihr den Arm hinauf und seine Finger glitten hinauf zu ihrem Gesicht, bis seine Finger ihre Lippen berührten. Die Seelsorgerin stellte sich schweigend neben ihn. Sie schluckte. Sie betrachtete die Frau, die dort am Boden liegt. Sie war wunderschön und jung. Sie hatte ihr ganzes Leben noch vor sich. Doch nun ist sie tot.

Clare kniete sich auf die Straße. Sie schloss ihre Augen und legte ihre Hände ineinander. Clare begann zu beten. Es war ein stummes Gebet, eine Träne lief ihr über das Gesicht. Sie bewegte ihren Oberkörper auf und ab, zitterte. Ihre Gesichtszüge entspannten sich, der Ausdruck ihrer schwarzen Stirn wurde freundlicher. Sie fuhr mit ihrem Finger durch den sandigen, staubigen Boden und malte ein Kreuz auf ihr T-Shirt. „Der Herr ist gütig. Er vergebe mir meine Schuld. Er hat mich gerettet. Gott beschütze uns!" Sie verstummte wieder, ehe sie ihren Ausruf wiederholte. Eric hörte das Gebet und drehte seinen Kopf zu Clare. In seinen Augen erstrahlte die Hoffnung. Er wandte sich erneut Camille zu. Er nahm ihre rechte Hand und legte sie in seine Linke und führte sie zu seinem Mund, um sie zu küssen.

Danach legte er seine Rechte darauf. Eric schloss seine Augen und unterstützte Clare bei ihrem Gebet: „Der Herr ist gütig. Er vergebe mir meine Schuld. Er hat mich gerettet. Gott beschütze uns!" Ihr Dank für den Herrn wurde einer solchen Inbrunst vorgetragen, als wäre es das Letzte in ihrem Leben. Die beiden Trauernden stimmten ihr Gebet im Kanon an. Abwechselnd sprachen sie ihre tröstenden Worte. Gott war für sie der letzte Rückhalt. Was sie verloren hatten, bedeutete für sie alles: einen geliebten Menschen, ihr Obdach und die Zukunft. Nun war Gott alles für sie. Er gab ihnen die Hoffnung zurück, die sie in den letzten Tagen verloren hatten. Sie selbst hatten überlebt, das war das Einzige, was zählte. Clare und Eric wurden energischer und lauter. Immer mehr Haitianer hörten das Gebet. Sie hatten keine Kraft mehr zum Arbeiten. Auch sie hatten die Hoffnung verloren und waren voller Trauer. Sie suchten einen Weg aus ihr hinaus. Nun knieten auch sie sich auf den Boden. Soweit ich schaute, waren bereits über ein Dutzend trauernde, verzweifelte Menschen, die sich in den Glauben stützten. Es blieb nicht dabei, immer mehr Menschen wollten sich Unterstützung von Gott holen. „Der Herr ist gütig. Er vergebe mir meine

Schuld. Er hat mich gerettet. Gott beschütze uns!"
Aus der ganzen Stadt ertönten dankende Stimmen,
die an Gott gerichtet waren. Einige der Menschen
riefen: „Gib mir Kraft und Hoffnung für meine Familie. Oh, Allmächtiger, liebe mich, wie ich dich
liebe und hilf mir!" Ein Blick durch die Stadt ließ
mir einen kalten Schauer über den Rücken laufen.
Ich hatte niemals geglaubt, einen solch tiefen Glauben zu sehen. Ich hoffte, dass ihre Gebete Wahrheit
werden, dass es ihnen besser gehen wird. Ich fühlte
mich hilflos, wie diese Menschen es ohne Gott wären. Doch ich war bewegt, musste vor Rührung weinen. Die internationalen Helfer hielten einen Moment inne und blickten über die Trümmer auf die
Straßen. Einige lächelten leicht und weinten, andere
schauten andächtig zum Himmel und schlossen
sich den Gebeten an. Doch sie alle bewunderten die
Kraft und den Mut der Menschen. Sie arbeiteten
weiter und waren motivierter denn je. Sie wollten es
für sie tun, für die wundervollen Menschen, die es
verdient hatten, dass man ihnen hilft, für ihren un-
bändigen Glauben, für ihr Schicksal. In diesem Moment der Seligkeit herrschte in der Stadt Frieden.
Niemand plünderte Vorräte, niemand hatte Streit.

Minuten vergingen und die Gebete zogen gen Himmel zum Herrn und die Kraft der Menschen kehrte zurück. Die Lobpreisungen wurden leiser und verstummten schließlich. Wenige Sekunden verharrten sie auf den Knien ohne eine Reaktion. Danach kehrte die Betriebsamkeit zurück. Gleichzeitig standen Hunderte Menschen auf und waren bereit zu arbeiten. Sie wollten tun, was sie konnten, nur so konnten sie Gottes Hilfe erfahren.

Ich hatte nie über den Glauben nachgedacht, doch jetzt hatte ich starken Respekt vor der Religion und vor allem vor diesen Menschen, die in einer solchen Situation daran festhielten. Sie machten Gott keine Vorwürfe, sie liebten ihn. Ich begann zu glauben. Diesen Menschen zuliebe betete auch ich und ich bat darum, dass ihnen Hilfe zuteilwird. Sie müssten Hass und Verzweiflung in sich tragen, doch sie zeigten Dankbarkeit und Freundlichkeit. Wenn ich etwas für sie tun könnte, so würde ich es machen. Die einzige Hilfe war das Gebet. Ich zitterte und mir wurde heiß und kalt. Das Erlebte ließ mich erschaudern.

Wie konnte ich all die Jahre so blind sein? Wie konnte ich Gott nicht erfahren. Vielleicht war es vorherbestimmt, dass ich es so erfahren würde. Erfahren, wie wichtig der Glaube sein kann, wie viel Kraft er gibt. „Bitte erhöre sie! Ich wünsche mir, dass du ihnen all das gibst, was sie wollen. Sie haben es verdient. Hilf ihnen über ihr Leiden hinweg!" Ich war mir sicher, dass mein Gebet erhört wird.

Januar 2011: Alexandria, Ägypten:

Wieder einmal wurde es mit dem ausklingenden Tag ruhiger. Nach und nach verließen die Menschen die Straßen und gingen in ihre Häuser. Wenige Menschen schliefen im Freien und lagen unter einer Brücke. Ich konnte nicht viel erkennen, es war zu dunkel. Vereinzelt erleuchteten Straßenlaternen die Stadt. Das Rathaus war noch immer voller Leben. Die anderen Häuser waren dunkel und wirkten leer. Ich schlief ein, die Nacht würde kurz werden.

Früh am Morgen erwachte die Stadt und mit ihr auch ich. Die Sonne war noch nicht aufgegangen, doch auf den Straßen herrschte reger Verkehr. Am Hafen wurde gehandelt und getrickst. Ein Streit entbrannte und zwei Männer versuchten zu schlichten, was erst gelang, nachdem einer der Händler einen

Faustschlag ins Gesicht bekommen hatte. Er blutete aus der Nase und hielt sich den Kopf. Sein Gegenüber wurde von ihm weggezogen, fluchte dabei jedoch in Richtung des Händlers und sein Gesicht wurde rot vor Zorn. Einige Meter weiter wechselten Fische und andere Meeresfrüchte ihren Besitzer. Die Stände standen dicht beieinander, daneben verkaufte jemand Stoffe für Kleidung. Einen Stand mit fertiger Bekleidung gab es auch, dieser war allerdings weiter entfernt.

Während die Sonne langsam aufging, füllte sich die ohnehin schon volle Hauptverkehrsstraße mit weiteren Autos, und lange Staus entstanden. Die Stadt wurde nun immer lebendiger und zeigte ihren Stolz. Die Kinder gingen zur Schule, ihre Eltern zu ihrem Arbeitsplatz. Alles lief so, wie es immer lief, die Menschen hier taten jeden Tag das Gleiche. Es war für sie zur Routine geworden. Urlaub konnten sie sich nicht leisten, sie würden zu viel Geld verlieren. Der Hafen war besonders wichtig. Die meisten Menschen verdienten sich hier ihren Lebensunterhalt. Doch wer keine Möglichkeit hatte zu arbeiten, wurde fallen gelassen. So kam in diesem Moment ein Blinder um die Ecke. Nachdem er sein

Augenlicht verloren hatte, blieb ihm nichts anderes, als auf der Straße zu betteln. Zuletzt versuchte er sein Glück am Hafen. Hier gingen viel mehr Menschen an ihm vorbei, doch diese gaben oft nichts. Der Blinde orientierte sich mit einem einfachen Stock. Ich schloss meine Augen und versuchte mir vorzustellen, wie er lebte. Ich konnte es nicht. Ich konnte mir nicht vorstellen, einen Schritt zu tun, ohne zu wissen, wo ich bin und was vor mir ist. Ich bekam Respekt vor dem Blinden. Ich öffnete die Augen wieder und sah, wie er sich an den Rand der Straße setzte. Jeder kam noch hindurch, er behinderte niemanden, der an ihm vorbei wollte, doch seine Position war klug gewählt, da er am Hauptzugang zum Markt saß. Der Mann saß dort und wartete darauf, dass ihm jemand etwas Geld oder etwas zu essen gab. Er war sehr dünn, nicht mager, und wirkte sehr unglücklich. Unzählige Personen gingen an ihm vorbei, ohne ihn weiter zu beachten. Er seufzte.

Nach einer halben Stunde blieb der Erste stehen und begutachtete ihn genau. Er hockte sich vor den Blinden und betrachtete sein Gesicht. Er nahm ihm die Sonnenbrille ab und blickte ihm direkt in die Augen. Diese waren kaum zu sehen, die Augenlieder waren geschwollen und blau. Sie reagierten nicht mehr. Er setzte sie ihm wieder auf und holte eine Münze aus seiner Tasche und schaute sie sich lange und ausgiebig an. Er warf sie in die Luft, als knobele er eine Entscheidung aus. Er fing sie auf und warf sie erneut in die Luft ohne sie sich anzuschauen. Sie drehte sich um sich selbst und fiel langsam auf den Boden. Diesmal fing der Mann sie nicht auf, sodass die Münze auf die Steine fiel, die zwischen ihm und dem Blinden den Boden bildeten. Der Blinde tastete den Boden vor sich ab, und als die Münze erfühlte, nahm er sie hastig auf und verstaute sie in seinem Hut, den er auf die Straße gelegt hatte. Er bedankte sich bei dem Schenker, als hätte er ihn gerade zum Millionär gemacht. Dieser lächelte kurz, aber glücklich, stand auf und ging weiter. Danach gab es wieder eine lange Zeit ohne Geld. Er setzte sich auf die Knie, sein Hintern schien ihm weh zu tun. Er legte seine Hände aufeinander und betete.

Der Tag war bereits fortgeschritten, doch der Blinde hatte noch immer nicht genügend Geld gesammelt, um davon zu leben. Ein großer, kräftiger Mann baute sich vor ihm auf. Er trug eine Uniform und sein Gesicht war ernst. Er musterte den

Blinden mit einer Mischung aus Verwunderung und Abscheu. Er berührte mit seinem Finger die Unterkante des Kinns des Blinden und hob dessen Kopf an, sodass er ihn direkt ansehen konnte. Er wurde höflich gefragt, ob er etwas für ihn übrighat. Als Antwort schnauzte der uniformierte Mann ihn an und der Blinde schwieg. Dann ließ er sich einige Sekunden Zeit, ehe er den Bettelnden fragte: „Glaubst du an Gott?" Ehrfürchtig schaute dieser zu Boden und nickte mit dem Kopf. Der große Mann suchte nach Geld, wurde fündig und gab es dem Blinden. Dieser bedankte sich vielmals und war für einen kurzen Moment sehr glücklich. Der Mann war davon völlig ungerührt und trat neben den Bettler. Er nahm eine Pistole aus seiner Jacke und hielt sie dem Blinden an die Schläfe. Ohne zu zögern, drückte er ab und tötete den Armen am helllichten Tag auf offener Straße. Alle schauten ihn an, doch keiner kam hinzu, um zu schauen, was genau passiert war. Alle standen tatenlos dort und wunderten sich. Dem Blinden lief das Blut aus dem Kopf. Zusammen mit etwas Dreck, der sich auf dem Boden abgesetzt hatte, bildete es eine ekelhafte, rote Flüssigkeit, die sich auf dem Weg verteilte. Der Mörder stellte sich direkt vor ihn, seine Schuhe standen dabei in der

Lache. Er öffnete seinen Mund und spuckte dem Blinden in das Gesicht. Er drehte sich wieder zu den noch immer gaffenden Menschen auf dem Markt um. „Allah ist groß!" Er drehte sich weg und wollte den Weg zurückgehen, auf dem er gekommen war. Er ging sehr gemächlich, als wäre nie etwas passiert. Sein Blick war erhoben, er war stolz auf seine Tat. Die Menschenmasse regte sich endlich und ging auf ihn zu. Sie bildeten rasch einen Kreis um ihn, sodass er nicht mehr fliehen konnte. Ein Schwall von Flüchen und Vorwürfen ergoss sich über ihm. Einige Menschen kamen hinzu und versuchten die Traube aufzulösen, indem sie die Menschen aus der Menge zogen und wegschubsten. Diese beschimpften ihn weiter und versuchten sich loszureißen und wieder in den Kreis zu kommen. Geschlossen gingen sie in schnellen Schritten auf den umkreisten Mann zu. Ohne Angst stand dieser dort und erwartete die wütende Menge. „Allah ist groß!", rief er erneut. Die Blicke des Mobs gingen im Kreis herum, sie blickten sich gegenseitig an.

Entschlossen bewegte sich der Erste von ihnen auf den Mann zu. Er stellte sich direkt vor ihn und schaute ihm in die Augen. Der Zorn funkelte aus seinen Augen. Plötzlich erhob er seine Hand und schlug ihm ins Gesicht. Er erhielt keine Reaktion zurück. Nun ballte er seine rechte Hand zur Faust und schlug ihn ein weiteres Mal. Er traf genau auf die Nase. Blut spritzte heraus, die Nase brach, hatte sich verformt. Es erfolgte erneut keine Gegenreaktion. Der Mörder schien wie in Trance zu sein. Die Angreifer hielt das nicht auf. Einer stellte sich hinter ihn, holte aus und trat mit der Schuhsohle voran in die Kniekehle. Vom Schmerz getroffen sank er auf die Knie. Der noch immer vor ihm stehende Angreifer schlug erneut zu. Diesmal traf er ihn am Kinn. Der Kieferknochen knackte, er konnte seinen Mund nicht mehr schließen. Die Schmerzen wurden für ihn unerträglich, er kippte um und lag nun bäuchlings auf dem Boden. Während er bewusstlos dalag, wurde die Gruppe immer entschlossener und nach und nach machten immer mehr Menschen einen Schritt in den Kreis und traten den Mann. Wieder versuchten Helfer, durchzukommen und den am Boden liegenden Verletzten herauszuholen. Es gelang ihnen nicht, es waren zu viele. Sie konnten nicht mehr tun, als hilflos mit anzusehen, wie der Mann zu Tode geprügelt wurde. Als die ersten Polizeisirenen ertönten, löste sich alles auf und die Ruhe kehrte zurück.

Einige Stunden später befand ich mich im Stadtzentrum. Eine große Welle hatte mich an Land gespült und viele unachtsame Menschen hatten mich mit den Füßen getreten. Ich saß auf dem Bürgersteig, in der Nähe eines geparkten Autos. Noch immer stießen mich Leute, die nicht auf den Weg achteten, mit dem Fuß an. Auf der Straße war viel Hektik. Vor einem großen Gebäude standen einige Menschen. Einer von ihnen hatte ein Kreuz in der Hand. Sie unterhielten sich angeregt, lachten und verstanden sich gut. Des Öfteren konnte ich nichts erkennen, da zu viele Beine vor mir herliefen. Ein großer, schlaksiger Mann trat zu ihnen und lächelte. „Schön dich auch mal wieder zu sehen, Mohamed!", sagte einer, um ihn zu begrüßen. Er zuckte mit den Schultern und murmelte etwas Unverständliches in seine Richtung. Ein Auto parkte vor ihnen. Sie drehten sich alle um und freuten sich, als sie den Besitzer des Hauses sahen. Sie lächelten ihn an und begrüßten ihn. Er stieg aus dem Wagen aus und richtete sich auf. Er redete kurz mit den Menschen und ging dann los, weil er auf der anderen Straßenseite noch etwas besorgen musste. Er würde gleich wiederkommen, sagte er den anderen. Die Hände in den Taschen begraben überquerte er die Straße, zügig, aber nicht rennend. Die Wartenden dachten sich nichts Besonderes und blieben geduldig auf ihrer Straßenseite stehen. Mohamed begann etwas zu erzählen, das offensichtlich recht amüsant war. Die anderen hörten gespannt zu. Zwischendurch war Gelächter zu hören, die Stimmung war heiter. Plötzlich gab es einen lauten Knall. Ich sah nur noch, wie eine große Flamme aus dem Wagen des Hausbesitzers schoss. Dann wurde mir schwarz vor Augen.

Als ich meine Augen wieder öffnete, hörte ich ein schrilles Pfeifen. Es drehte sich alles und mir war schlecht. Mein Kopf dröhnte und ich konnte mich an nichts erinnern. Weder wo ich war, noch welche Tageszeit wir hatten. Ich strengte mich an, etwas zu erkennen, kniff meine Augen zusammen. Ich erkannte die Umrisse von Menschen, die liefen und rannten. Ich erkannte nicht wohin, warum und wie viele es waren. Ich sah ein rötliches Licht, wie ein Feuer. Es war nur schwach zu erkennen. Es war nicht nah. Das Gefühl des Schwindels wurde stärker. Ich hatte Mühe, die Augen offen zu halten. Ich wurde müde und schloss sie schließlich.

Ich erwachte mit noch immer schmerzendem Kopf und brennenden Augen. Mein Blick war schwach, doch ich erkannte, dass die Flammen aus dem Auto langsam erloschen. Auf dem Boden lagen Mohamed und die anderen. Ich sah, dass einige Menschen auf die Straße gelaufen kamen und schrien. Mit der Zeit konnte ich zwar mehr sehen, doch meine Ohren funktionierten weiterhin nicht, ich wurde das Pfeifen nicht los. Ich versuchte nicht daran zu denken und konzentrierte mich auf das, was ich sah. Mohamed bewegte sich nicht. Seine Arme waren schwarz, sahen verbrannt aus. Dazwischen klebte getrocknetes Blut und ließ ihn unheimlich wirken. Auf der anderen Straßenseite sah ich einen Mann, der aus einem Geschäft herauskam. Ich kannte ihn, doch ich brauchte einen Augenblick, um zu bemerken, dass es der Hausbesitzer war. Er lief herüber und betrachtete die auf dem Boden liegenden Menschen. Er drehte sich wieder um und ging die Straße entlang. Ein Lächeln lag ihm auf den Lippen. Ich versuchte das Lächeln zu deuten und realisierte, dass er es war, der das Auto in die Luft sprengte. Ohne, dass die anderen Menschen ihm Beachtung schenkten, verschwand er und entkam mit der Schuld.

Einige besorgte Männer und Frauen versuchten ihr Bestes, um Mohamed zu helfen. Sie teilten sich auf und jeder übernahm einen anderen Verletzten. Es wurde fleißig gearbeitet und die Helfer verloren die Hoffnung nicht, obwohl Mohamed sich nicht rührte. Die ersten Krankenwagen fuhren um die Ecke und hielten direkt neben mir. Sofort stiegen Männer mit Koffern aus und liefen zu den Verletzten. Sie versorgten sie mit Schmerzmitteln und transportierten die Ersten in die Wagen. Links und rechts von je einem Helfer gestützt wurden die völlig entkräfteten und blutenden Menschen in die Krankenwagen gesetzt. Dort wurde die Untersuchung fortgesetzt. Jede der Personen in den Wagen würde durchkommen. Dennoch war eine Untersuchung im Krankenhaus nötig. Nur Mohamed lag noch auf der Straße. Eine immer größer werdende Anzahl an Helfern kümmerte sich um ihn. Er war der Einzige ohne Bewusstsein. Einer der Ärzte holte eine Trage, die nicht sehr stabil aussah, und legte Mohamed darauf. Eilig trugen sie ihn in eines der Fahrzeuge. Dort konnten sie ihm Blut geben, was er dringend nötig hatte. Ich betrachtete ihn genau und schluckte. Seine Kleidung war zerrissen und sein Gesicht blutverschmiert. Das getrocknete Blut auf seinen Armen stammte von Hunderten kleinen Wunden, die er sich vermutlich durch

Splitter zugezogen hatte, die sich bei der Explosion gelöst hatten. Seine Haare standen in alle Richtungen ab. Ich konnte nicht glauben, ihn in dieser Situation zu sehen. Er war so fröhlich gewesen. Ich erinnerte mich, weshalb er vor dem Haus stand. Sein Glaube zu Gott trieb ihn zu diesem Treffen, der Glaube, der ihm für sein gesamtes Leben Kraft gab. Doch nun war es auch der Glaube, der ihn in diese Situation brachte. Ich hoffte, dass Gott ihm helfen wird, als Dank für das Vertrauen, das ihm entgegengebracht wurde.

Einer der Ärzte schloss die Tür vom Wagen. Sekunden vergingen, in denen er nur dastand und nichts passierte. Dann konnte ich wieder etwas hören. Ein zweiter, lauter Knall ertönte und ich vernahm ihn laut und deutlich. Ich sah, dass der Krankenwagen explodierte. Er stand direkt neben mir. Wieder sah ich Flammen aufsteigen. Ein Flammenstoß kam direkt auf mich zu. In meinen Gedanken sah ich Mohamed mit all dem Blut am Körper, ich sah den Blinden, dem in den Kopf geschossen. Ich wusste, es würde ihnen jetzt gut gehen, denn ich sah Gott.

Februar 2011: Mogadischu, Somalia:

Meine Reise endete nun. Nach einer anstrengenden Zeit war endlich Land in Sicht. Vor mir lag das Horn von Afrika. Es war keine sehr sichere Gegend, aber ich war froh nicht mehr allein zu sein. Einige Frauen liefen am Strand entlang und unterhielten sich. Ihre tiefschwarzen Gesichter waren voller Furcht und Sorge. Kleine Kinder spielten und bekamen von der Angst nichts mit. Sie lachten. Das Meer endete und ich landete im Sand. Es fühlte sich gut an, etwas anderes als Wasser zu Gesicht bekommen, dennoch war es ungewohnt. Die lachenden Kinder kamen auf mich zu. Sie liefen an mir vorbei und drehten sich im Kreis. Sie waren gut gelaunt und unbekümmert. Ein Junge blickte zurück und entdeckte mich. Er kam auf mich zu, beugte sich über mich und nahm mich in die Hand. Während er mich hochhob, glänzten seine Augen. Seine Hände waren rau und trocken. Er war viel zu dünn, seine Rippenknochen schimmerten durch die Haut. Er strich über mich. Die Freude über seinen Fund war überschwänglich. Er ging zu den anderen Jungs zurück. Triumphierend hielt er mich in die Luft, wie einen Pokal, den er gewonnen hatte. Sie staunten und tummelten sich um den Jungen, der mich noch immer in der Hand hielt.

Ich hörte Schüsse aus einem Gewehr. Es war das erste Geräusch aus der Ferne, das ich vernahm. Dann gab es einen lauten Knall und direkt danach weitere Schüsse. Die Frauen, die am Strand waren, kamen zu uns gerannt. Ihre Augen waren weit aufgerissen. Mit zitternden Händen nahmen sie ihre Kinder und setzten sie auf ihre Schultern. Eine große Frau nahm den Jungen, der mich gefunden hatte. Er hieß Colin. Obwohl sie selbst sehr aufgewühlt war, versuchte sie ihren Sohn zu beruhigen. Er schrie seinen Freunden zum Abschied etwas zu. Danach war er ruhig. Er spürte die Angst seiner Mutter. Mit ihm auf ihren Schultern rannte sie so schnell sie konnte. Ihre nackten Füße wirbelten Staub auf. Auf dem Weg waren überall Personen unterwegs, um sich in Sicherheit zu bringen.

Nach einiger Zeit kam Colin mit seiner Mutter zu einer Hütte aus Stroh, die von ein wenig Lehm zusammengehalten wurde. Sie legte ihn auf den Boden neben eine alte Frau. Es war vermutlich Colins Großmutter. Sie war sehr schwach und krank. Er hielt mich noch immer fest umklammert, während seine Mutter hastig einen Sack öffnete und etwas zu Essen herausholte. Sie konnte es nicht erwärmen, also mussten sie es roh zu sich nehmen. Sie vermischte es lediglich mit etwas Wasser. Ich wusste nicht, was es war, doch es war nicht sonderlich viel. Sie füllte etwas davon in eine Schale aus Lehm und reichte sie Colin. Dann ging sie zu der alten Frau und hielt die Hand an ihre Stirn. Auf dem Gesicht von Colins Mutter konnte man die Sorge um die alte Dame sehen. Schließlich reichte sie auch ihr eine Schale. Sie richtete die alte Frau auf, sodass sie essen konnte. Diese stöhnte nur und brachte ein verzweifeltes „Rana" hervor. Rana nahm ihren Finger und tauchte ihn in den sämigen Brei. Sie führte ihn zum Mund der alten Frau. Sie wollte nicht. Rana stand seufzend auf und holte ein Behältnis mit Wasser. Sie reichte ihr das Wasser und die alte Frau trank langsam davon. Ihre mageren Hände zitterten und ihre Stirn war voller Schweißtropfen. Nach einer Weile hatte sie genug getrunken und gab den Behälter zurück. Es war eine Art Flasche und wie die meisten Sachen hier aus Lehm hergestellt. Schließlich legte sich die alte Frau hin und schlief ein. Colin war neben ihr und hatte aufgegessen. Nun gab Rana auch ihm etwas zu trinken. Sie strich ihrem Sohn über den Kopf und begutachtete, was er in der Hand hatte. Ich hielt die Luft an, während ich musternde Blicke spürte. Colin schaute sie hoffnungsvoll an. Als Antwort lächelte Rana und gab ihm einen Kuss auf die Wange. Danach legte sich Colin auf den harten, staubigen Boden neben seine Großmutter. Es gab keine Matratze oder Ähnliches, worauf er sich hätte legen können. Er schlief schnell und wirkte glücklich in seinem seligen Zustand. Ich fiel aus seiner Hand und hatte Überblick über die ganze Hütte. Rana hatte nun etwas Zeit für sich. Sie setzte sich eng zwischen ihre Lieben. Sie nahm den Kopf nach unten und stützte ihn in ihre Hände. Sie schluchzte. Die junge Frau war vollkommen mager und die Knochen waren schon überall durch die Haut zu sehen. Sie schluchzte erneut und rappelte sich auf, um doch etwas zu essen. Ihre Augen waren von Tränen gefüllt und von tiefen Ringen umrandet. An einigen Stellen waren sie blutunterlaufen. Sie wollte einfach nur, dass es aufhört, dass sie mit ihrem Sohn unbeschwert und glücklich leben kann. Ohne Gefahr und ohne Angst. Unter dem Dröhnen der Maschinengewehre und dem Donnern von explodierenden Bomben schlief sie ein.

Ich wurde von hektischem Geschrei geweckt. Ein junger, starker Mann stand vor Rana. Er war aufgeregt und schüttelte sie, damit sie aufwachte. Erschrocken fuhr sie in die Höhe. Sie küsste ihn hastig. Ihr Mann war zurückgekehrt, doch er war nicht auf Zärtlichkeit aus. Er wollte seine Frau retten. Sie diskutierten aufgeregt miteinander, sie mussten sofort hier weg, sie würden bald hier sein. Wo es eben noch ruhig und beschaulich war, herrscht nun Panik. Wie vom Blitz getroffen stand sie auf und schnappte sich Colin. Sie stellte ihn auf seine Beine und packte einige wichtige Sachen zusammen. Colin war noch halb am Schlafen, doch zielsicher griff er nach mir und hob mich erneut hoch. Ranas Gesicht war nun mit Falten überzogen und sie weinte. Sie hatte Angst um ihr Leben und um das ihrer Familie.

Ein Schatten fiel in ihr Gesicht. In der Tür stand ein Jugendlicher, er war vielleicht dreizehn oder vierzehn. In seinen Händen hatte er ein Sturmgewehr. Sein Gesichtsausdruck zeigte keinerlei Emotion. Sein Blick war erfüllt von Leere und ging geradewegs zu Rana und ihrem Mann. Rana schob Colin hinter sich und der Junge drückte sein Gesicht in

146

den Rücken seiner Mutter. Der Junge in der Tür stand wie versteinert da. Er bewegte sich nicht, sprach nicht und schien nicht zu atmen. Er zuckte nicht einmal. Ranas Mann stellte sich vor seine Familie und ging einen Schritt auf den Jugendlichen zu. Was hatte er vor, warum zögerte er solange? Er ging weiter, noch immer langsam und zögerlich. Endlich machte er entschlossene Anstalten, auf den bewaffneten Jungen zu stürmen und ihm die Waffe abzunehmen. Doch bevor er ihn berühren konnte, brachte der Junge die Waffe in Position und drückte ab. Es war unglaublich schnell gegangen. Rana fing augenblicklich an zu weinen, als ihr Mann blutend auf den Boden fiel. Der Bewaffnete schoss eine weitere Salve auf den am Boden liegenden Mann ab. Der Brustkorb sah aus wie ein Sieb. Er hatte keine Überlebensmöglichkeit. Er war augenblicklich tot. Rana stand zwischen Wut und Trauer. Vor Schock konnte sie sich nicht bewegen. Der Jugendliche bewegte seine Waffe und zielte nun auf die leidende Witwe. Wenig später lag auch sie mit durchlöchertem Oberkörper auf dem Boden und atmete nicht mehr. Colin fing an zu weinen und schreien. Er drückte mich ganz fest. Er war als Einziger noch am Leben. Vollkommen emotionslos machte der

Schütze einige Schritte auf ihn zu. Colin wich aus und ging nach hinten. Dabei verlor er seine Mutter nicht aus den Augen. Die Waffe richtete sich auf seinen Kopf. Er bekam es nicht mit und schrie nach seiner Mutter. In seiner Verzweiflung suchte er nach Zuneigung. Er drückte mich fester und fester. Ich war das Letzte, was er noch hatte. Es kam mir wie eine Ewigkeit vor, bis Colin sich zu dem Angreifer umdrehte. Er blickte genau auf das Gewehr. Er hatte Angst. Er blickte dem Jungen in die Augen. Die Schüsse ertönten.

Der Griff um mich lockerte sich und schließlich löste er sich komplett. Colins Hand öffnete sich und ich fiel auf den Boden. Mein Fall spielte sich in Zeitlupe ab. Ich schlug auf den harten Boden auf und wirbelte etwas Staub auf. Colin sank zu Boden und sein Kopf lag nun genau neben mir. Um seinen Kopf herum entstand eine Blutlache. Der Junge ging zu der alten Frau und schaute sie kurz an, dann feuerte er auf sie. Ohne ein Anzeichen auf jegliches Mitgefühl verließ der Junge die Hütte so emotionslos, wie er die ganze Zeit über war.

Das Blut floss auf mich zu. Ich sah die Haare von Colin, die vom Blut getränkt ganz rot waren. Ich versuchte, die Bilder aus meinem Kopf zu verdrängen. Immer wieder sah ich das Gesicht des Jungen, der völlig gleichgültig eine Familie umgebracht hatte. Sein Auftreten schockierte mich. Er fühlte nichts, zeigte keine Reue. Sie sollten alle glücklich sein. Doch der Krieg zerstörte ihr Leben, das Leben aller Menschen in Somalia. Ich wurde traurig, als ich Rana, ihren Mann und Colin leblos am Boden liegen sah. Ein eiskalter Schauer lief mir über den Rücken. Ich erschrak, als ich einen warmen Tropfen spürte. Das Blut suchte seinen Weg an mir vorbei. Ich versuchte, eine Träne zu unterdrücken. Ich spürte, wie das Blut unter meinen Körper floss.

In meinem Kopf spielte sich ein Film ab. Ich sah wieder den fröhlichen Jungen, der mit seinen Freunden am Strand spielte. Seine Mutter war freundlich und liebevoll. Er lebte in einer wundervollen Familie. Er würde einmal ein cleverer, starker Mann werden.

Die Realität sah anders aus. Er lag mit seinen Eltern auf dem Boden und durfte sein Leben nicht weiterführen. Er hatte keine Zukunft. Sein Leben war zu Ende, meines ging weiter. Ruhe in Frieden, Colin!

Nach und nach vernahm ich erneute Schüsse. Pistolen, Gewehre und Kanonen wurden in sehr kurzen Abständen abgefeuert. Ich hatte sie verdrängt. Meine Gedanken waren voll von Hass und Tod. Was bringt Menschen nur dazu, derart grausam zu sein und andere Menschen zu töten? Kein Ergebnis des Krieges kann es wert sein, solch ein Leid zuzufügen.

Das Kriegsgeschehen draußen verstummte. Einige Männer riefen etwas wild durcheinander und eine dunkle, tiefe Stimme antwortete. Schwere Schritte kamen näher und ein Schatten erschien im Eingang zur Hütte. Er war mir bereits bekannt. Es war der Jugendliche, der dieses Blutbad angerichtet hatte. Jemand war bei ihm. Der andere Mann war älter, um die vierzig. Er war groß und nicht zu dünn. Er wirkte wohlhabend und mächtig. Sein großes schwarzes Gesicht erschien auf den ersten Blick freundlich. Allerdings blitzten seine Augen vor Wut und auf der Stirn zeigte sich eine Zornesfalte. Er gab dem Jungen, er hieß Ibrahim, hastig einige Befehle und beide begannen damit, die Hütte zu durchsuchen. Der Mann ging zu Colin und drehte ihn mit dem Fuß um. Da darunter nichts war, ging er zu Rana und danach zu ihrem Mann, doch auch dort fand er nichts. Er fluchte. Dann ging er zu Ibrahim und half ihm bei der Untersuchung der wenigen Lehmgefäße. Was noch brauchbar war, legten sie in eine einfache Kiste. Der wenige Hausrat verschwand in wenigen Augenblicken darin. Die Hütte war nahezu leer. Nachdem sie alles begutachtet hatten, kam Ibrahim und hob mich hoch. Er steckte mich ebenfalls in die Kiste, die komplett aus Stroh bestand. Der andere Mann gab erneut einen Befehl und Ibrahim ging hinaus, dicht gefolgt von seinem Boss. Ich blickte mich draußen um. In die Richtung, in die die Beiden gingen, standen Dutzende Männer, deren Waffen auf den Boden gerichtet waren. Dazwischen lagen etwa halb so viele Leichen, die Waffen noch in der Hand. Ihnen gegenüber lagen noch einmal ebenso viele Tote. Jedoch waren einige von ihnen nicht bewaffnet. Während die stehenden Soldaten den Erschossenen die Waffen abnahmen, gingen Ibrahim und der Mann zusammen zu einem alten Jeep, dessen Lack kaum noch zu sehen war. Auf der Ladefläche befanden sich einige Kanister. Der Mann nahm einen von ihnen und Ibrahim stellte die Strohkiste an diese Stelle. Der Mann kippte den Inhalt des Kanisters auf die Hütte. Es war Treibstoff für den Geländewagen. Er warf ihn weg und kramte in seiner Tasche, bis er eine Packung Zündhölzchen gefunden hatte. Er rieb einige davon und eine kleine Flamme erschien. Er warf es auf das benzingetränkte Stroh. Sofort fing die Hütte an zu brennen. Meterhoch stiegen die Flammen in die Luft empor. Bei der herrschenden Hitze wäre das Benzin nicht nötig gewesen, doch der Mann ging sicher. Er betrachtete sein Werk noch eine Weile, ehe er grinsend zum Wagen zurückging und losfuhr.

Der Wagen hielt genau vor dem Fenster einer weiteren Hütte. Ich konnte hineinsehen und erkannte, dass dort eine Person auf dem Boden lag. Ibrahim war bereit zu schießen, aber er wurde zurückgehalten. Der Mann schien die Person in der Hütte zu kennen. Er wies Ibrahim an, ihm einige Seile zu geben, die ebenfalls im Wagen waren. Danach schlichen sich die Beiden hinein und stürzten sich auf den Schlafenden. Sie drehten ihn auf den Bauch, und bevor er sich wehren konnte, hatten sie ihm die Hände hinter dem Rücken zusammengebunden. Danach fesselten sie ihm die Beine und schließlich verbanden sie seine Hände mit den Füßen, sodass ihr Opfer sich nicht mehr bewegen konnte. Ich blickte mit Entsetzen auf diese Situation. Der Mann auf dem Boden hatte Angst, Schweißtropfen traten ihm auf die Stirn. Er beleidigte die Männer, die ihn überwältigt hatten. Ibrahim stand wieder emotionslos dabei und verzog keine Miene. Der andere jedoch lachte nur und trat dem Mann in den Magen. Die Verachtung gegenüber seinem Angreifer war ihm anzusehen und er spuckte ihm auf den Schuh. Dieser ließ sich das nicht gefallen und griff nach seiner Waffe. Ohne zu zögern, schoss er in das rechte Bein des Mannes. Der Aufschrei rang dem Schützen ein Lächeln ab. Der Getroffene lag weiterhin am Boden und schaute nun mit Entsetzen auf sein verletztes Bein. Mit schmerzverzerrtem Gesicht blickte er ihm in die Augen. Verachtung und Abscheu wichen nun aus seinen Gedanken und machten Platz für Angst und Verzweiflung. Ibrahim ging hinaus und wartete. Wenig später kam auch sein Begleiter heraus und ging zum Wagen. Er holte einen weiteren Kanister und schüttete ihn an der Hütte aus. Der Schock fuhr mir in alle Glieder. Ich konnte nicht glauben, dass er das wirklich tun würde. Er blickte zur Tür hinein und starrte dem am Boden liegenden Mann tief in die Augen. Dann durchsuchte er wieder seine Tasche und holte die Zündhölzer hervor. Die Augen des Mannes auf dem Boden wurden groß und angsterfüllt. Er hatte verloren und wusste, dass er sterben würde. Er begann zu weinen und schrie. So hatte es doch alles nicht enden sollen.

Als die Köpfe der Hölzchen an der Packung entzündet wurden, habe ich nie ein solches Gesicht voller Furcht gesehen, als jenes des Mannes am Boden. Das Feuer steckte das Stroh an. In Sekundenschnelle war alles von Flammen eingehüllt. Markerschütternde Schreie drangen durch das Flammenmeer. Mir wurde schlecht. Der Mann genoss dessen Leiden. Er konnte nicht genug davon bekommen. Seine Augen strahlten nun. Er liebte es zu gewinnen und dies war zweifellos ein großer Sieg für ihn.

Aufgrund der Grausamkeit dieses Mordes war ich schockiert. Ich hatte noch nie solch eine Person erlebt. Ibrahim musste sich übergeben. Nun sah ich das erste Mal, dass er nur eine Marionette war. Einzelne Tränen liefen über seine Wangen. Er wollte das alles nicht tun, doch er musste. Er setzte sich auf den Boden und hielt sich den Kopf. Seine

Gefühle hatten die Kontrolle über ihn gewonnen. Er musste aufhören.

Der Mann ging überglücklich einige Schritte von der Hütte zurück, als die Schreie verstummten. Er rief Ibrahim etwas zu und ging zum Wagen. Er wollte gerade einsteigen, ging aber noch einmal zurück, weil Ibrahim sich nicht bewegt hatte. Er musste sich erneut übergeben. Der stechende Geruch des Erbrochenen drang in meine Nase. Die Aufforderung des Mannes ihm zu folgen wurde lauter. Ibrahim schüttelte nur mit dem Kopf. Der Mann wurde wütend, doch Ibrahim war sich den Folgen seiner Ablehnung bewusst. Der Lauf einer Waffe wurde an seine Schläfe gedrückt. Noch einmal wurde Ibrahim dazu aufgefordert, dem Mann zu folgen. Er sackte zusammen. Der Mann war wütend, der Schuss fiel.

22. Juli 2011: Insel Utøya, Norwegen:

Es war eine Freude, den fröhlichen Jugendlichen ins Gesicht zu sehen. Sie hatten sich auf ein vergnügliches Ferienlager eingestellt und konnten hier ihre

Gleichgesinnten treffen. Jeden Tag setzten hier mehrere Schiffe über, aus denen weitere Jugendliche ausstiegen. Es war ein reges Kommen und Gehen, doch die positive Stimmung blieb die Gleiche. An diesem Nachmittag schien die Sonne und es war sommerlich warm. Aus der Ferne war ein weiteres Schiff zu erkennen. In wenigen Minuten würde es anlegen und die nächsten Jugendlichen auf die Insel bringen. Ich freute mich darauf.

Als das Boot anlegte, strömten die Jugendlichen vergnügt in das Lager, mit Rucksäcken und guter Laune ausgerüstet. Viele wurden bereits von ihren Freunden erwartet und entsprechend stürmisch empfangen. Doch dieses Mal verließen nicht nur Jugendliche das Boot. Ein blonder Polizist kam von Bord und lächelte tiefenentspannt. Die meisten der jungen Leute beachteten ihn gar nicht und rannten zunächst mit ihren Freunden über die Insel. Ihr Tatendrang war bis zu mir herüber zu spüren. Einige der erwachsenen Betreuer kamen herbei und begrüßten jene Jugendliche, die nicht gleich fortgelaufen waren. Auch sie waren sehr gut gelaunt, allerdings konnte man ihnen den Stress ansehen, den die Aufsicht über diese Massen verursachte. Nachdem die Begrüßung vorüber war, ging vorerst wieder alles seinen geregelten Gang.

Der Polizist hielt sich von der Gruppe fern und schlenderte stattdessen am Ufer der Insel entlang. Er wendete seinen Blick nicht vom See ab und lief immer wieder hin und her. Ich fand ihn merkwürdig und fragte mich, was er überhaupt hier tat. Er lief am Schiff vorbei, und entdeckte mich. Ein breites Grinsen machte sich in seinem Gesicht breit, als er mich hochhob. Nun endlich kam einer der Betreuer auf ihn zu und sprach ihn an. Der Polizist drehte sich zu ihm um und lächelte ihn an. Die beiden tauschten einige kurze Worte aus, der Polizist hatte den Jugendlichen etwas Wichtiges mitzuteilen. Nachdem der Betreuer gegangen war, ging der Polizist wieder am Ufer entlang, blickte dieses Mal aber nicht ständig auf den See, sondern schaute sich dabei auf der Insel um. Während seine Blicke über das fröhliche Treiben der Kinder schweifte, kramte er ein Band aus einer seiner Hosentaschen. Er legte es um meinen Hals und knotete es fest, sodass die Schlinge nicht von meinem Hals herunterrutschen konnte. Das andere Ende des Bandes befestigte er an seinem Gürtel, von dem ich nun lose herunterhing. Das Lächeln des Polizisten entwickelte sich nach und nach zu einem Grinsen und wich ihm die ganze Zeit nicht aus dem Gesicht.

Nach einer Weile legte das Schiff wieder ab und brachte einige wenige Personen wieder nach Hause. Nachdem einige Minuten vergangen waren, bewegte sich der Polizist auf die Mitte der Insel zu. Er ging zu dem Betreuer, der ihn vorhin angesprochen hatte. Dieser versuchte so schnell wie möglich, alle Jugendlichen zusammenzurufen, damit sie die Ansprache des Polizisten hören konnten. Als dieser glaubte, dass alle vor ihm versammelt waren, begann er zu reden. Er sagte nur, dass er zur Sicherheit hier wäre, weil es in der Stadt einen Anschlag gegeben hätte. Die Mienen der Jugendlichen schienen sich zu verfinstern. Furcht und Entsetzen machten sich in ihren Gesichtern breit. Nachdem er seine Rede beendet hatte, herrschte für einen kurzen Moment Ruhe. Die Jugendlichen und Betreuer schauten sich an, sie wussten nicht, was sie davon halten sollten. Doch die Ruhe wurde jäh durchbrochen.

Niemand hatte damit rechnen können. Es kam so plötzlich und schnell, dass die Ersten bereits tot waren, bevor irgendjemand verstand, was hier gerade passierte. Der Polizist hatte seine Waffe emporgehoben und auf die Gruppe von Jugendlichen geschossen. Aus den Schusswunden der Opfer strömte Blut und ihre schlaffen Körper fielen zu Boden. Alle schauten ihn entsetzt an, doch dessen Grinsen wurde noch breiter und er richtete seine Waffe wieder auf die Gruppe. In diesem Moment fingen die meisten von ihnen an zu schreien und liefen panisch weg. Sie suchten Schutz, eine Gelegenheit sich zu verstecken. Egal, ob Erwachsene oder Kinder, jeder hatte Angst. Doch nicht jeder lief fort. Einige waren gelähmt vor Angst und konnten sich nicht bewegen. Auf einige von ihnen schoss der Mann in Polizeiuniform noch, bevor er die Verfolgung der Flüchtenden aufnahm. Während die Überlebenden vor Schock zusammensackten, lief der Mann in Polizeiuniform in Richtung des Waldes. Als er vor sich einige Menschen erkannte, gab er einige wenige Schüsse in ihre Richtung ab, verfehlte aber sein Ziel. Ich war erschüttert, dass er noch immer grinste. Wie konnte es einem Menschen nur eine solche Freude bereiten, andere zu töten? Immer wieder waren die panischen Schreie der verfolgten Menschen zu hören. Erneut schoss der Mann. Diesmal traf er einen Jugendlichen in den Oberschenkel. Der Schmerzensschrei jagte mir einen kalten Schauer über den Rücken. Der Junge konnte nicht mehr fliehen und war ihm schutzlos ausgeliefert. Der Mann stellte sich neben ihn und richtete den Lauf der Waffe auf seinen Kopf. Mit einem einzelnen Schuss richtete er ihn hin. Der Mann jubelte und sprang vor Freude in die Luft, als die Kugel seinen Schädel durchstieß. Er ging tiefer in den Wald hinein, noch immer voller Freude über seine Tat.

Er schoss auf die nächste Gruppe, allerdings stoppte die Waffe während des Vorgangs. Er zuckte kurz, ohne, dass ihm das Grinsen vom Gesicht wich, und lud während des Laufens nach. Nach einer weiteren Salve gingen wieder einige Menschen verwundet zu Boden. Er blieb ruhig und stellte sich der nach Reihe nach zu den Verletzten, um sie zu erschießen. Er begann mit einem Mädchen, dass nicht die Kraft aufbringen konnte, ihn anzusehen. Wie schon zuvor war der einzelne Schuss in den Kopf eine Hinrichtung. Er ging zu einem jungen Mann, der ihn anflehte, ihn zu verschonen. Der Mann in Polizeiuniform drehte leicht den Kopf, jubelte, und ließ ihn am Leben. Stattdessen ging er zum nächsten Jugendlichen, der es zumindest schaffte, sich an einem Baum aufzurichten und nun vor dem Schützen saß. Er wollte gerade etwas zu ihm sagen, als der Schuss ertönte. Das Projektil verwundete ihn schwer und der Körper sackte zusammen. Der Mann drehte sich noch einmal zum Überlebenden um und jubelte ihm ins Gesicht. Dann lief er weiter, er hatte noch nicht genug.

Leichen und Verwundete pflasterten seinen Weg. Obwohl er ziemlich schnell unterwegs war, war seine Treffgenauigkeit erstaunlich hoch. Auch nachladen konnte er innerhalb von wenigen Sekunden. Niemand auf der Insel konnte etwas anderes tun, als zu fliehen. Seine Erscheinung war gespenstisch, es war alles so unmenschlich. Dieser Glanz in seinen Augen, das breite Grinsen, die Jubelsprünge. Was hatte diesen Menschen nur so fehlgeleitet? Er schien sich als Held zu fühlen, doch er war grausam und eiskalt. Warum hatte er den einen Mann absichtlich verschont? Wollte er, dass jemand übrig bleibt, der die Geschichte erzählt? Wann kam endlich jemand, der diesen Irren aufhielt? Ich hatte keine Hoffnung, dass ihm bald die Munition ausgehen würde. Er schien auf alles vorbereitet zu sein. Er wusste, was er hier tat. Er wusste, was er für ein Leid verursachte. Es bereitete ihm Spaß.

Der Mann kam an eine Hütte und blieb vor der Tür stehen. Bevor er die Tür öffnete, lud er sein Gewehr noch einmal nach. Mit einem kräftigen Fußtritt schwang er die Tür zur Hütte auf. Er schaute sich kurz um, ohne hineinzugehen. Er lachte laut los, als er in die Hütte hineinschoss. Er ließ die Waffe einmal über den Raum gleiten, angsterfüllte Schreie waren zu hören. Er lachte erneut, stürmte hinein und feuerte eine weitere Salve Schüsse ab. Die Schreie verstummten mit der Zeit. Nach einigen Sekunden, in denen nur das Nachladen der Waffe die Ruhe unterbrach, kam er wieder aus der Hütte heraus und blieb einen Moment stehen. Da waren Geräusche hinter der Hütte. Er ging einmal daran vorbei und sah, dass gerade eine Gruppe junger Menschen in einem kleinen Holzboot saßen und versuchten, rudernd das Festland zu erreichen. Ohne zu zögern, schoss er auf die Gruppe und traf einige von ihnen schwer. Einige versuchten, sich mit einem gezielten Sprung ins Wasser zu retten. Doch die Situation schien ihm nicht zu gefallen. Er richtete seine Waffe auf die Köpfe, die aus dem Wasser ragten. Während er auf jene Menschen schoss, wich das Grinsen für einen kurzen Moment, doch sobald er die ersten Treffer gesetzt hatte, kam es wieder zurück auf seine Lippen. Nach einer Weile war es ihm egal, dass immer noch einige Menschen schwammen und lebten, und ging weiter. Er entfernte sich wieder von der Hütte und wollte in den Wald zurück. Doch auf halbem Weg stand plötzlich ein junges Mädchen vor ihm. Sie blickte ihm entsetzt in das Gesicht und war vor Angst wie gelähmt. Sie konnte nicht fortlaufen. Der Schütze freute sich und zielte genau. Als das Projektil in den Körper des Mädchens eindrang, wurden ihre Augen größer und ihre Hände zuckten ein letztes Mal, ehe sich die Lähmung löste und sie kraftlos zu Boden fiel.

Mit Ausnahme von ein paar wenigen Schweißtropfen auf der Stirn ließ er sich die Anstrengung nicht anmerken. Er war in einer guten körperlichen Verfassung und atmete so, als wäre er nie über die Insel gelaufen. Im Wald traf er auf einen Jungen, der sich nicht rühren konnte. Sie blickten sich nur gegenseitig in die Augen, bis er die Waffe auf ihn richtete. Doch plötzlich bewegte er sich und schoss stattdessen auf einen anderen Jungen, der seitlich auf ihn zugerannt kam. Er traf ihn in der Schulter, woraufhin der Junge strauchelte und versuchte, sich auf den Beinen zu halten. Den Mann interessierte das nicht, und noch ehe der Junge aus mangelnder Kraft umkippte, durchschlug eine Kugel seinen Schädel. Der Schütze drehte sich wieder zu dem anderen Jungen um, der noch immer vor Angst regungslos war. Eine Träne lief ihm über die Wange. Diesmal schoss er nicht in den Kopf, sondern in den Oberschenkel. Wieder jubelte er und ließ den Jungen einfach stehen, der durch seine Starre nicht in der Lage war, zu fallen. Er stand einfach dort, während ihm das Blut das Bein herunter rann.

Die Angst in den Gesichtern der Menschen schien ihm zu gefallen. Es war kaum zu erkennen, ob es ihm mehr Freude bereitete, all die Unschuldigen zu töten, oder ihnen einfach einen Schock zuzufügen, den sie niemals wieder vergessen werden. Er hatte Spaß und tötete weiter. Immer wieder schoss er auf die jungen Menschen, lud nach, wenn er keine Schüsse mehr übrig hatte, und jubelte, wenn ein Körper leblos zu Boden fiel. Er entschied scheinbar willkürlich, wen er am Leben ließ und wen er erschoss. Allerdings blieb er fast die ganze Zeit über in Bewegung. Wenn er ein knackendes Geräusch im Geäst vernahm, lief er jene Richtung, wenn ein Schatten die Bäume streifte, in diese. Vor ihm saßen gerade ein Junge und ein Mädchen, die er zuvor mit Schüssen in den Bauchbereich außer Gefecht gesetzt hatte. Beide Jugendlichen weinten. Er beendete das Leben des Jungen mit einem Kopfschuss. Das Mädchen schrie auf und weinte nun noch stärker. Er strich mit seiner Hand kurz über das Gesicht des Mädchens und lachte ihr entgegen. Dann nahm er die Waffe herunter und ging fort. Das Mädchen schrie ihn an, doch er kam nicht wieder zu ihr zurück. Sie umarmte weinend den leblosen Körper ihres Freundes.

Der Schütze hatte bereits die nächste Gruppe gefunden und feuerte eine weitere Salve Schüsse ab. Zwei junge Frauen wurden getroffen und fielen verletzt zu Boden. Doch anstatt diese nun endgültig zu erschießen, verfolgte er die restlichen Personen der Gruppe. Als diese sich aufteilten, verfolgte er nur einen bestimmten Jungen und ließ ihn nicht aus den Augen. Er verfolgte ihn über Stock und Stein, unter tief hängenden Ästen hindurch und an etlichen Bäumen vorbei. Der Junge stolperte über eine Wurzel und strauchelte. Er versuchte sich sofort wieder aufzurichten, doch er hatte zu viel Schwung und verlor endgültig das Gleichgewicht. Ehe er sich wieder aufrappeln konnte, stellte sich der Schütze auf seine Beine. Er stieg wieder herab und schoss von hinten in seinen Schädel. Nach einer weiteren Jubelpose ging er wieder zurück in die Richtung, aus der er kam.

Wieder war ein Geräusch zu vernehmen, dieses Mal etwas seitlich von ihm. Er drehte sich sofort in die Richtung um, aus der das Geräusch gekommen war. Voller Vorfreude nahm er seine Waffe empor und ging einige Schritte geradeaus. Er erkannte schnell, dass es keine Jugendlichen waren, die auf ihn zukamen. Er sah bereits aus der Ferne die schwarze Kleidung der Männer, sie trugen schusssichere Westen und schwere Helme. Sie waren schwer bewaffnet und hatten ihn noch nicht entdeckt. Er ging weiter auf sie zu, stets mit der Waffe auf sie gerichtet, wurde schneller. Einer der schwarz gekleideten Männer erblickte nun den Heranstürmenden und forderte ihn dazu auf, stehen zu bleiben. Der blonde Mann tat, wie ihm befohlen wurde, und blieb stehen. Auf weitere Zurufe der Polizisten kniete er sich hin, legte seine Waffen auf den Boden und verschränkte die Hände hinter dem Kopf. Er ergab sich, wehrte sich nicht. Sofort kamen die Männer auf ihn zugestürmt und zogen seine Arme auf den

166

Rücken. Sie legten ihm Handschellen an und durch-
suchten ihn. Sie schnitten mich los und nahmen
mich mit. Während sich zwei Männer mit der
Durchsuchung beschäftigten, hielten ihn zwei andere fest. Die restlichen Polizisten hielten ihre Waffen auf ihn gerichtet. Einer von ihnen sprach in ein
Funkgerät. Als alles abgeschlossen war, hielten ihn
zwei fest und die ganze Gruppe ging zurück zum
Zeltlager. Obwohl er nun verhaftet wurde, wich
sein Grinsen nicht vom Gesicht. Er war mit sich
selbst zufrieden. Er hatte viele Menschen umgebracht oder schwer verletzt. Die Antiterroreinheit,
die ihn nun aus dem Wald brachte, hatte noch nie
eine solche Tat gesehen. Sie fassten ihn hart an, zogen ihn über die Insel, doch es machte ihm nichts
aus. Er hatte nie vorgehabt, sich zu wehren. Sie kamen an einigen Leichen vorbei und das Grinsen auf
seinem Gesicht wurde noch größer. Die Polizisten
kamen mit ihm am Zeltlager vorbei und gingen in
Richtung eines Bootes der Polizei. Auch hier lagen
viele Tote, die er mit dem größten Vergnügen noch
ein letztes Mal ansah. Er durchlebte die Minuten
seiner Tat noch einmal. Er wehrte sich noch immer
nicht gegen den Griff der Polizisten und ließ sich
seelenruhig auf das Boot schleppen. Er setzte sich

hin, unter der ständigen Beobachtung der Sondereinheit und wurde von der Insel gefahren. Einige der Polizisten blieben auf der Insel und halfen den anderen Einsatzkräften, die nun nach der Ergreifung mit einem weiteren Boot auf die Insel kamen. Auch der Polizist, der mich befreit hatte blieb und setzte mich nun auf den Boden, um die Hände zum Arbeiten frei zu haben.

Die Hilfskräfte kümmerten sich sofort nach dem Abtransport des Schützen um die Jugendlichen. Entweder trugen sie Verletzte in die Boote oder begleiteten Unverwundete auf dem Weg zurück zum Camp. All diese jungen Menschen waren gezeichnet von den Strapazen dieses Nachmittags. All diese jungen Menschen kamen weinend in das Ferienlager und schwiegen. Die Erlebnisse hatten ihnen so stark zugesetzt, dass sie sich nicht freuen konnten, überlebt zu haben. Sie hatten nur die Erinnerungen an die Freunde im Kopf, die leblos vor ihnen lagen. Sie würden nicht mehr richtig schlafen können, in ihren Träumen würden sie die Verfolgungsjagd wieder und wieder durchleben. Sie würden wieder Auge in Auge mit dem Täter sitzen und in den Lauf der Waffe schauen. Ein normales Leben war für diese Menschen nicht mehr möglich.

Während die Überlebenden in Begleitung der Ärzte und Sanitäter auf das Boot stiegen und auf das Festland zurückfuhren, wurde es auf der Insel noch lange nicht ruhig. Man versuchte in den nächsten Stunden und Tagen alle Leichen von der Insel zu transportieren, um sie in der Stadt ordentlich zu begraben. Auch den Helfern war das Entsetzen ins Gesicht geschrieben. Ungläubig taten sie ihre Arbeit und hatten dabei Tränen in den Augen. Sie hielten jeden Tag für eine Minute inne, um den Opfern und deren Familien zu gedenken. Danach ging die Arbeit weiter, doch normal war nun nichts mehr.

März 2012: Damaskus, Syrien:

Die Fahrt war lang und unruhig. Die Straßen waren in einem miserablen Zustand. Ich saß auf der Hutablage eines alten Wagens. Er war mindestens zwanzig Jahre alt und der Rost war schon an manchen Stellen durch den Lack gedrungen. Die Fenster waren bereits aus den Rahmen genommen. Der Fahrtwind kühlte die Luft im Innenraum ab. Der Fahrer hieß Karim und war ein Mann um die vierzig. Er trug einen Bart und sein Gesicht war freundlich. Die Landschaft flog an uns vorbei, die Geschwindigkeit war zu hoch. Es würde nicht mehr lange dauern, bis wir Damaskus erreichten. Allerdings waren wir auch schon einige Stunden unterwegs. Karim freute sich, er schien etwas Wichtiges erledigen zu müssen.

Ein Mobiltelefon klingelte. Ohne die Geschwindigkeit zu senken, kramte Karim zunächst in seiner Jacke. Als er es nicht fand, öffnete er den alten, staubigen Rucksack, der auf dem Beifahrersitz lag. Es war nicht so einfach mit nur einer Hand, da er die Zweite weiterhin am Lenkrad hatte. Als er sein altes Telefon endlich gefunden hatte, drückte er auf einen Knopf und meldete sich mit seinem Namen. Nach einer kurzen Pause begann er, auf Arabisch mit der anderen Seite zu reden. Es war ein ernstes Gespräch, da Karim nicht einmal lachte oder lächelte. Mit einer Hand am Steuer, mit der anderen am Handy fuhr er immer näher an die Hauptstadt heran. Entgegen kamen uns nur wenige Autos. Oft überholte Karim andere Fahrzeuge, sobald es ihm möglich war. Immer wieder hatte er beim Telefonat Redepausen, in denen sein Gegenüber redete. Verzerrt und leise hörte man die Stimme aus dem

Gerät. Es war eine Männerstimme, die, im Gegen-
satz zu der von Karim, tief und markant war. Ich
denke sie lässt sich einem älteren Mann zuordnen.
Das Gespräch war die ganze Zeit höflich gewesen
und der Tonfall beider Personen war ruhig. Gelegentlich gestikulierte Karim mit den Armen, obwohl sein Gesprächspartner ihn nicht sehen konnte.
Dafür ließ er das Lenkrad für wenige Sekunden los.
Es wunderte mich, dass er noch keinen Unfall gebaut hatte, denn sein Fahrstil war schlecht und er
brach vermutlich jede einzelne Regel im Straßenver-
kehr, sofern es hier überhaupt welche gab. Ich erkannte nun deutlich mehr Häuser, die zudem größer wurden. Die Anzeichen für das Erreichen der
Stadt häuften sich. Die Verkehrsdichte nahm ebenfalls zu. Als wir an dem Schild vorbeifuhren, welches die Hauptstadt ankündigte, beendete Karim
das Gespräch und legte das Telefon zurück in den
Rucksack.
Karim fuhr nun deutlich langsamer. Ob das an den
engen Straßen und den vielen Autos lag, oder an der
erhöhten Anzahl von Polizisten und Militärangehö-
rigen, wusste ich nicht. Viele Soldaten hatten Waffen in der Hand und marschierten durch die Stadt.
Zwei Polizisten winkten uns an die Seite. Einer von

ihnen trat an das Fenster auf der Fahrerseite. Der andere bewachte den Vorgang aus einiger Entfernung und ließ seine Waffe nicht los, sein Blick fiel durchgehend auf Karim. Völlig ruhig und entspannt antwortete Karim auf die Fragen des Polizisten. Nach einer Weile beendete dieser die Fragerei und ging an den hinteren Teil des Wagens. Er lehnte sich durch das Fenster und schaute sich um. Neben mir lagen einige Zettel, diese nahm der Polizist auf und durchblätterte sie. Es war nichts Wichtiges dabei, er legte sie wieder zurück. Er ging hinten am Wagen vorbei, um die andere Seite zu begutachten. Als er auch dort nichts Interessantes fand, ging er wieder zu Karim und erlaubte ihm weiterzufahren. Karim setzte seine Fahrt so langsam fort, wie er sie unterbrochen hatte. Er blickte in den Rückspiegel und lächelte. Sein Lächeln wurde größer bis Karim laut lachte und seine Augen freudig aufblitzten.

Die Fahrt dauerte nicht mehr lange. Nach wenigen Minuten hatte Karim sein Ziel erreicht, er stellte seinen Wagen am Straßenrand ab und stieg aus. Er ging zur hinteren Tür und holte die Papiere heraus, die sich der Polizist angeschaut hatte. Er steckte sie in den Rucksack, den er vom Vordersitz nahm, und entfernte sich vom Wagen. Er öffnete die Tür einer

Wohnung und begrüßte eine junge Frau, die ebenfalls im Begriff war, hineinzugehen. Die Tür fiel hinter ihnen zu.

Da ich alleine auf der Rückbank im Auto war, hatte ich viel Zeit, um meine Umgebung zu beobachten. Hinter und vor dem Wagen hielten weitere Fahrzeuge an, deren Fahrer ausstiegen und in diese Wohnung hineingingen. Es waren bereits über ein Dutzend Personen. Niemand von ihnen benötigte einen Schlüssel, die Tür konnte einfach geöffnet werden. Jeder hatte etwas anderes, das er bei sich führte. Ein Mann hatte Holz-, Metall- und Plastikstangen mit. Eine Frau, die sich mit ihm unterhielt, holte eine Packung Stifte heraus. Zwei weitere Personen hielten große Papierstücke in der Hand, als sie die Wohnung betraten. Da ich nicht wusste, wie viele Menschen vorher schon drin waren, konnte ich die genaue Anzahl der Personen in der Wohnung nicht sagen.

Ich beobachtete einige Kinder, die auf der Straße Ball spielten. Sie waren vergnügt und sorglos. Sie waren Geschwister und ihre Mutter stand auf dem Fußgängerweg und beobachtete sie genau, ließ sie nicht aus den Augen. Sie war sehr besorgt und wollte ihre Kinder beschützen. Doch sie wollte auch, dass sie Spaß hatten, zumindest solange sie nicht in Gefahr waren. Als sie sah, wie sich die Kinder freuten, mit dem Ball zu spielen, trat eine Freudenträne aus ihrem linken Auge und sie lächelte. Ein Junge schoss den Ball mit dem Fuß und dieser flog zwischen zwei Autos hindurch. Der Junge, der noch sehr klein war, jubelte und lief auf seine Mutter zu. Er sprang ihr in die Arme und drehte sich mit ihr. Die Mutter setzte ihn wieder auf die Straße und streichelte ihm über den Kopf. Er lief sofort zurück zu seinen Brüdern und Schwestern, um weiter zu spielen. Er war der kleinste und jüngste der Familie. Immer wieder mussten sie ihr Spiel unterbrechen, um Autos auszuweichen. Nach einer halben Stunde hatten sie genug und jagten nun hintereinander her. Ihre Mutter versuchte alle sechs Kinder im Blick zu behalten, was ihr nicht immer gelang. Sie rief ihnen manchmal etwas hinterher. Doch sie ließ ihnen die Freude.

Später öffnete sich wieder die Wohnung, in der Karim und die anderen Personen waren. Sie kamen geschlossen heraus. Ich versuchte sie zu zählen, aber es waren zu viele. Mehr als ich es erwartet hatte.

Allerdings kamen nun auch aus den anderen Wohnungen Menschen. Sie alle hatten Dinge in der Hand. Die meisten von ihnen hatten gemalte Plakate mit dem Kopf des Staatsoberhauptes. andere hatten Texte in der Hand, die auf kleinen Zetteln standen. Karim hatte ebenfalls einen solchen Zettel und las seinen Text noch einmal durch, um ihn sich zu merken.

Die Mutter hatte die Menschen beobachtet, zunächst misstrauisch, dann immer unruhiger werdend. Schließlich rief sie ihre Kinder zusammen. Diese versuchten, so schnell wie möglich zu ihr zu gelangen und rannten. Sie redete kurz mit ihnen, dann drehten sie sich um und gingen nach Hause. Sie wollte ihre Kinder beschützen.

Die Gruppe um Karim stand noch immer vor den Wohnungen. Der Häuserblock war alt und heruntergekommen. Sie unterhielten sich und wirkten nervös. Sie wussten, was ihnen drohte, doch sie hatten keine Angst vor der Strafe. Sie hatten lediglich Angst davor, es nicht zu tun. Ein großer, kräftiger Mann trat zu Karim und redete mit ihm. Er schien der Anführer zu sein. Karim nickte und ging zu seinem Wagen. Er öffnete die hintere Tür und setzte sich auf den Sitz, sodass er unter den Fahrersitz greifen konnte. Er holte einen kleinen Koffer hervor, der allerdings nicht sehr robust wirkte. Er öffnete und eine Waffe kam zum Vorschein. Es war eine kleine Pistole. Er steckte sie in seine Jackentasche, sodass sie nicht mehr zu sehen war. Er blickte mich streng an und überlegte kurz. Dann hob er mich mit seiner Hand hoch und stieg aus. Er schlug die Tür zu und ging zur Gruppe zurück. Karim holte noch einmal kurz die Waffe heraus, um sie den anderen zu zeigen, ließ sie aber sofort wieder in der Tasche verschwinden. Mich hielt er noch immer in der Hand. Er hob mich hoch in den Himmel, damit alle sehen konnten, was er hatte. Lauter Jubel erfolgte von den Menschen. Einige Plakate wurden in die Luft gehalten. Ich machte ihnen Hoffnung. Karim nahm den Arm wieder herunter und die Gruppe verstummte. Auf ein Zeichen des Gruppenanführers hin setzte sich die Gruppe in Bewegung.

Mit zügigen und gleichmäßigen Schritten zogen sie durch die Stadt. Sie sagten nichts und ihre Plakate wurden nicht hochgehalten. So ruhig war es, bis sie die Hauptstraße erreichten. Sie wurden weder langsamer noch schneller, aber ihr Verhalten änderte sich. Hier waren sie sicher, dass sie gehört werden.

176

Vor allem wollten sie von den Richtigen gehört werden. Sie zeigten ihre Plakate und stimmten ihre Texte an. Lautstark setzten sie ihren Weg fort. In den Häusern wurden die Fenster geöffnet und die Menschen blicken auf die Straße herunter, um zu schauen, was passierte. In den Gesichtern der Beobachter konnte man sehen, dass sie derselben Meinung waren. Dennoch waren sie nicht bereit auf die Straße zu gehen.

Die Gruppe war bereits eine Weile unterwegs. An einer Kreuzung kam ihnen ein Polizist entgegen. Unbeirrt riefen Karim und seine Kameraden ihre Schlachtrufe. Er kam auf die Gruppe zu und brüllte ihnen etwas entgegen. Demonstrationen schienen verboten zu sein. Sie hörten nicht auf den Ordnungshüter und liefen einfach weiter. Die Aufforderungen zum Aufhören wurden energischer und strenger. Als die Demonstranten auch darauf nicht reagierten, versuchte der Polizist ihnen mit seiner Pistole zu drohen. Doch die Menge beachtete ihn nicht. Wütend darüber, dass er sich nicht durchsetzen konnte, schoss der Polizist in die Menge. Er traf einen in der Mitte laufenden Mann. Die nicht getroffenen Menschen liefen weiter und hatten einen

Grund mehr zu demonstrieren. Die nachfolgenden Personen machten einen großen Bogen um den getroffenen Mann. Als Karim an ihm vorbeiging, konnte ich den Ernst der Lage erkennen. Der Polizist hatte ihn im Brustkorb getroffen und die Kugel hatte sein Herz durchbohrt. Er war sofort tot.

Der Polizist war noch immer wütend und nun damit beschäftigt, in sein Telefon zu sprechen. Vermutlich forderte er Verstärkung an. Ich war beunruhigt, da ich ahnte, was ich heute noch erleben würde. Ich machte mir Sorgen um Karim und die anderen. Ich hoffte mit ihnen, dass sie lebend hinauskommen und zumindest ein wenig Erfolg haben werden.

Sie hatten bereits die halbe Stadt durchquert. Einige, wenige Personen schlossen sich der Gruppe an und stimmten in die Proteste mit ein. Sie hatten keine Plakate und keine Zettel, doch sie versuchten, auf sich aufmerksam zu machen. Zunächst waren ihre Rufe noch anders als die der anfänglichen Gruppe. Doch nach und nach synchronisierten sie die Texte und riefen das Gleiche. Lauter werdend näherten sie sich dem Regierungsgebäude. Aus der Ferne ertönte ein Einsatzhorn. Während dieses näher kam, konnte man weitere Polizeifahrzeuge hören. Es handelte sich um die angeforderte Verstärkung. Das erste Blaulicht war zu erkennen. Die Fenster der umliegenden Wohnungen wurden geschlossen, die Unbeteiligten bekamen Angst und taten nun so, als hätten sie von alledem nichts mitbekommen. Wo eben noch unterstützende Worte ihre Ansprache fanden, wurden die Protestanten nun ignoriert. Niemand wollte sich mit der Polizei anlegen. Niemand außer der mutigen Gruppe auf der Straße.

Als der erste Polizeiwagen kam, gingen sie weiter, obwohl das Auto mitten auf der Straße stand. Sie teilten sich in der Mitte und gingen links und rechts vorbei. Die Polizisten im Wagen schauten erstaunt und mussten sitzen bleiben, da sie durch die Menschenmenge die Türen nicht aufbekamen. Wenige Augenblicke später erschienen weitere Einsatzfahrzeuge und sperrten die Straße ab. Mehr als ein halbes Dutzend Autos standen nun auf der Straße und machten ein Durchkommen für die Demonstranten unmöglich. Unbeeindruckt blieben sie stehen und riefen weiter ihre Parolen. Aus den Wagen stiegen kräftige, große Männer und richteten sich so aus, dass sie die Gruppe im Blick hatten. Sie nahmen Maschinenpistolen und Gewehre in die Hand und zeigten, dass sie bereit waren, diese einzusetzen. Obwohl die Gewehrläufe genau auf sie gerichtet waren, zeigte die Gruppe keinerlei Angst. Karim war mittlerweile in einer der vordersten Reihen, sodass ich direkte Sicht auf die Uniformierten hatte. Einer von ihnen gab den anderen ein Zeichen, indem er mit der Hand winkte und diese stellten sich in einer geraden Reihe auf. Danach sprach er ungeduldig in ein Funkgerät und wirkte nervös. Seine Stimmung besserte sich, als er die Antwort hörte. Worauf er auch wartete, es war unterwegs. Niemand auf der Straße rührte sich, weder Karim und seine Leute noch die Polizisten. Allerdings verstummte die Gruppe nicht. Dieser Zustand des Stillstands wurde minutenlang beibehalten. In den Gesichtern beider Seiten waren unterschiedliche Empfindungen zu sehen. Obwohl sie sehr wütend auf die Regierung und die vor ihnen stehenden Sicherkräfte waren, zeigten die Protestanten keinerlei Abscheu. Sie standen geradezu stoisch und emotionslos da. Hingegen waren die Polizisten nervös und stolz. Einige waren zornig und hätten am liebsten einfach geschossen. Nur mit Mühe konnten sie sich zurückhalten. Vereinzelt erkannte ich aber auch, dass manche die Entschlossenheit und den Mut der Demonstranten bewunderten.

Selbst durch die große Lautstärke der Gruppe drang ein metallenes Ächzen und Dröhnen, das aus einigen Metern Entfernung erklang. Karim bekam Angst, auf seiner Stirn bildeten sich kalte Schweißtropfen und er zitterte leicht. Auch die anderen wurden unruhig und wussten, was es zu bedeuten hatte. Trotz der großen Gefahr versuchten sie sich nichts anmerken zu lassen und protestierten weiter. Nach einer Weile kam die Ursache um die Straßenecke. Ein riesiger und schwerer, grünbrauner Panzer fuhr die Straße entlang. Er hielt direkt auf die Autos und Menschen zu. Seine Kanone war auf Karim und die anderen gerichtet. Die Kette bewegte sich behäbig, der Panzer kam nur langsam von der Stelle. Direkt hinter der Reihe von Polizeiautos kam er zum Stehen. Der mächtige Koloss aus Stahl warf einen riesigen Schatten auf den Boden. Die Stimmung war angespannt.

Der Anführer der Polizeigruppe hob seine Hand und sprach laut zur Gruppe und forderte sie auf, aufzuhören und zu verstummen. Da er keine Reaktion erhielt, wiederholte er seine Aufforderung noch einmal, diesmal aber brüllte er schon. Karim

181

hatte ihn laut und deutlich gehört. Doch er machte weiter, wie alle anderen. Darüber war der Polizist so sauer, dass er seinen Leuten den Befehl gab, zu schießen. Die Geschosse flogen aus den Gewehren und trafen die Männer in der Schulter, im Kopf und im Oberkörper. Viele fielen zu Boden und bluteten stark. Einige waren bereits tot. Karim griff in seine Jacke und nahm seine Pistole heraus. Er entsicherte sie und richtete sie auf einen der Polizisten. Er zögerte für einen kurzen Moment, ehe er abdrückte. Ein roter Fleck erschien am Hals des Polizisten. Das Blut floss an der Wunde herunter in Richtung Brustkorb. Die Kugel hatte seinen Hals durchbohrt und traf nach dem Austreten noch eines der Lichter auf den Wagen. Als der Polizist leblos zu Boden fiel, hielten die Schützen inne. Für einen kurzen Moment war es auf der Straße totenstill. Zornig und mit riesiger Verachtung gab der Polizist in der Mitte wieder den Befehl zum Schießen. Nachdem die Gewehre wieder abgefeuert wurden, gab er nun auch dem Fahrer des Panzers das Signal zum Angriff. Karim nahm erneut seine Waffe und erschoss einen Polizisten. Er zielte gut. Doch dann wurde der erste Schuss aus dem Panzer gelöst. Dieser schlug im hinteren Teil der Gruppe ein und verursachte einen lauten Knall. Während Karim einen dritten Polizisten traf, wurde die Person vor ihm mit einem Kopfschuss niedergestreckt. Karim versuchte, noch ein weiteres Mal zu schießen, doch bevor er zielen konnte, wurde auch er getroffen. Er ließ die Waffe fallen und fasste sich an die Brust. Zwischen seinen Fingern quoll das Blut hervor. Nun, da er starb, verließen ihn seine Kräfte und er ließ auch mich fallen. Ich schlug auf dem Boden auf und konnte zu Karim heraufblicken. Ich sah, wie er zusammenbrach und neben mir auf den Boden fiel. Er lag tot auf dem Rücken. Sein Kopf war zur Seite gedreht und ich konnte direkt in seine Augen sehen. Auch wenn er nicht lebte, konnte ich die letzten Empfindungen seines Lebens wiedererkennen. An seiner Körperhaltung erkannte ich die Furcht, die er in der Gewissheit des Todes spürte. Andererseits erkannte ich Freude. Freude darüber, dass er von seinem Leid erlöst wurde, Freude auf ein Leben nach dem Tod. Doch am deutlichsten erkannte man den Stolz. Er war stolz darauf, als Märtyrer zu sterben. Er hatte sich für ein besseres Leben eingesetzt. Für sich selbst und für andere. Er hatte allen Grund dazu, stolz zu sein.

September 2015: irgendwo in Deutschland:

Als ich wach wurde, schliefen die beiden noch. Sie wälzten sich im Schlaf hin und her auf ihrer ausgelegenen Matratze. Es war das erste Mal seit langer Zeit, dass sie mal wieder richtig ausschlafen konnten. Ich dachte nach über die Erlebnisse der letzten Monate, in denen ich die beiden begleitet hatte. Die Bilder schossen mir wieder in den Kopf und ich erinnerte mich noch an alles, als sei es gestern gewesen. Ich erinnerte mich nicht gern, doch ich konnte es nicht vergessen. Durch die Ruhe der Nacht fiel es mir leicht, meine Augen zu schließen und die Zeit noch einmal zu durchleben.

Ich war eine ewig lange Zeit auf dem Meer gewesen, sodass ich kaum noch daran geglaubt hatte, jemals auf Land zu stoßen. Doch tatsächlich trieb mich das Meer an Land. Es war dunkel, doch die Nacht war mild. Trotz der Dunkelheit waren einige Menschen am Ufer versammelt und schienen auf irgendetwas zu warten. Unentdeckt beobachtete ich die Situation und wartete darauf, dass etwas passierte. Ich konnte hauptsächlich Männer und Jugendliche sehen. Sie waren recht schlicht gekleidet und hatten nur wenige Sachen bei sich. Immer mehr junge

Männer kamen zu der Gruppe hinzu und warteten. Darunter war auch ein Mann, der seinen kleinen Sohn bei sich hatte. Dieser schlief ruhig auf seinem Arm und bekam von all dem nichts mit. Die Stimmung war friedlich, aber angespannt. Man merkte den Anwesenden an, dass sie nervös waren.

Die Stunden vergingen, in denen sich immer mehr junge Männer der Gruppe anschlossen. Die Sonne war nun schon langsam aufgegangen, als die Gruppe allmählich ungeduldig wurde. Der Junge, den der Vater über die Nacht auf eine dünne Decke auf den Boden gelegt hatte, wachte nun mit einem sanften Gähnen auf und schaute sich vorsichtig um. Der Vater lächelte ihn kurz an und strich ihm über die Haare. Noch immer blieb ihnen nichts anderes übrig, als weiter zu warten. Der Vater setzte sich hin und holte etwas aus seiner Hosentasche. Nach einigen Sekunden konnte ich erkennen, dass es ein Foto war. Er betrachtete das Bild einige Minuten lang, strich immer wieder mit dem Finger darüber und weinte. In diesem Moment nahm er nichts mehr wahr, was um ihn herum geschah. Sein Sohn hatte sich aufgerappelt und kniete sich neben ihn. Er blickte ebenfalls auf das Bild und bekam feuchte Augen. Der Vater küsste das Bild mit geschlossenen

Augen und reichte es seinem Sohn, der dasselbe tat. Dann steckte er das Foto wieder in seine Hosentasche und wischte sich mit der Hand die Tränen aus dem Gesicht.

Die Aufregung wurde größer, als in der Ferne ein Boot erschien. Sofort drängten die Menschen in Richtung des Ufers und auf den kleinen Steg, der auf das Boot führen sollte. Erleichterung erwuchs in den Gesichtern der Männer, die nun endlich weiterkonnten. Auch Vater und Sohn gingen langsam in die Richtung des Bootes. Sie blieben direkt vor mir stehen, bemerkten mich aber zunächst nicht. Ich versuchte, an den beiden vorbei zu sehen, um abzuschätzen, wie viel Menschen noch hinter ihnen waren, doch alles, was ich sah, war eine riesige Anzahl von Beinen. Der Sohn löste seine Hand von der seines Vaters und bückte sich zu mir vor. Er schaute mich eindringlich an und hob mich aus dem Wasser. Sein Vater, der seine Hand nicht mehr spürte, drehte sich zu ihm um und sah, dass er mich auf seiner Hand hielt. Der Junge schaute ihn bittend an und sein Vater lächelte kurz und nickte mit dem Kopf. Freudig umfasste mich der Junge fest mit einer Hand, um mich nicht zu verlieren und ging wieder an die Hand des Vaters.

Das Boot legte an. Aus der Ferne hatte es noch recht klein ausgesehen, doch nun wirkte es groß und breit. Dennoch fragte ich mich, wie all diese Menschen hier darauf passen sollten. Der Mann, der es gesteuert hatte, stieg nun aus und ging schnell zur Seite, um den Wartenden Platz zu machen. Diese stiegen hastig hinein und versuchten sich die besten Plätze zu sichern. Immer mehr Menschen drängten auf das Deck des Bootes. Auch der Vater mit seinem Sohn gelangte auf das Boot und befand sich nun ungefähr in der Mitte der Fläche. Mit zunehmender Anzahl Menschen wurde es enger und wärmer. Die Menschen an Bord konnten sich kaum noch bewegen. Körper an Körper standen die jungen Männer auf dem Boot und waren trotzdem glücklich, dass sie mitfahren konnten. Es dauerte eine ganze Weile, bis alle Menschen auf das Boot gelangt waren. Es war kaum möglich, Luft zu holen. Überall klebte die schweißnasse Haut der Menschen an mir. Der Junge schaffte es noch immer, mich festzuhalten, allerdings konnte er sich auch nicht bewegen, da er irgendwo zwischen seinem Vater und einigen anderen Männern eingeklemmt war. Plötzlich legte das Boot ab und alles wackelte. Die Menschen wurden hin und her geschaukelt und versuchten, sich noch weniger zu bewegen, als es ohnehin möglich war, um die Bewegungen des Bootes abzuschwächen. Nach einer Weile hörte das Boot auf zu schwanken und fuhr ruhig, aber langsam auf das Meer hinaus.

Schon lange bevor das Schiff angehalten hatte, waren die aufgeregten Rufe anderer Männer zu hören. Sie standen an den Außenseiten des Bootes und konnten das Land schon sehen, während wir hier in der Mitte eingeklemmt waren. Auch wenn in der Mitte niemand etwas sehen konnte, lockerte sich die Stimmung sichtlich auf. Doch die Menschen mussten aufpassen, dass sie sich vor Freude nicht zu viel bewegten, denn kaum nach dem Ertönen der ersten Freudenschreie, begann das Boot wieder zu wanken. Seitdem vergingen schier unzählige Minuten, bis das Boot die Bewegung stoppte und am Hafen anlegte. Jubelnd strömten die ersten Menschen heraus, auf dem Weg in die neue Freiheit. Wir mussten noch warten, noch waren zu viele Leute vor uns. Zumindest entspannte sich die Enge mit jeder Minute, die verging. Alle Menschen auf dem Boot drängten in Richtung Ausgang. Jeder wollte so schnell wie möglich wieder sicheren Boden unter ihren Füßen haben. Der Junge hatte Angst und atmete schwer. Er musste sich übergeben, die stickige Luft in der Enge hatte dafür gesorgt, dass ihm übel wurde. Schritt für Schritt kamen sie dem Land näher, die Menschen hinter dem Jungen achteten nicht auf den Boden und traten in das Erbrochene. Es war ihnen egal, sie wollten einfach nur von diesem Boot herunter. Der Vater nahm seinen Sohn noch fester an die Hand, endlich konnte er das Ende des Schiffes erkennen. Sie würden es gleich verlassen können.

Auch der letzte Mann vor ihnen verließ das Boot und sie standen nun direkt vor der Planke, die ihnen Freiheit versprach. Gemeinsam gingen sie hinunter und umarmten sich, als sie den festen Boden spürten. Noch nie zuvor hatte ich ein solch großes Gefühl des Glücks gesehen. Doch ihnen blieb nicht viel Zeit zur Freude, denn sofort kam ein Sicherheitsmann auf sie zu. Sie wurden durch Gesten aufgefordert, ihn zu begleiten, was sie auch unverzüglich taten, nachdem sich der Sohn noch ein zweites Mal übergeben hatte. Während die beiden mit dem Mann mitgingen, schaute ich nochmal zurück und sah, dass das Boot noch immer halb voll war. Die Sicherheitskräfte hatten alle Hände voll zu tun. Es konnten nicht genug sein, für die Menge von Menschen, die aus dem Boot strömten. Vater und Sohn schauten sich nicht mehr nach hinten um, sie wollten diesen Teil ihrer Reise so schnell wie möglich abhaken. Der Mann vom Sicherheitsdienst führte sie an das Ende einer Menschenschlange und gab ihnen die Anweisung, dass sie hier warten sollten. Also stellten sie sich wieder hinten an, während der Mann zurück zum Schiff ging, um die nächsten Menschen zu holen.

Endlich war die Schlange zu Ende und die beiden kamen an die Reihe. Ein freundlich wirkender Mann in weißem Kittel kam auf sie zu und führte sie zu einem kleinen Tisch mit zwei Stühlen. Auf einen davon setzte er sich selbst, den anderen bot er dem Vater an. Er führte einige Kontrollen durch, untersuchte den Puls, entnahm eine Blutprobe. Außerdem musste er seine Fingerabdrücke hinterlassen. Als der Arzt mit der Untersuchung des Vaters fertig war, war der Sohn an der Reihe. Er kam auf die andere Seite des Tisches und beugte sich zu ihm herunter. Er versuchte, ihm mich wegzunehmen, doch der Junge wehrte sich dagegen. Erst als der Vater gut auf ihn einredete, legte der Junge mich zögerlich auf den Tisch. Dann führte der Arzt dieselben Untersuchungen durch, wie bei seinem Vater. Nach wenigen Minuten war alles fertig und die beiden durften weitergehen. Der Sohn nahm mich eilig wieder in die Hand. Sie kamen aus der Ankunftshalle heraus und atmeten die frische Luft ein. Bevor sie weitergingen, machten sie erst mal eine Pause, denn der Junge war komplett entkräftet. An ihnen liefen die anderen vorbei, die mit ihnen auf dem Schiff gewesen waren. Doch dem Vater war es wichtiger, dass es seinem Sohn gut ging, daher ruhten sie sich nun aus. Er nutzte die Gelegenheit, noch einmal auf sein Foto zu schauen. Für einen kurzen Moment wurde er wieder traurig, doch dann blickte er seinen Sohn an und sah, wie er seine Augen schloss und friedlich einschlief. Sie waren nun in Sicherheit. Er war glücklich, dass sie es unbeschadet bis hierher geschafft hatten. Doch die Reise war noch nicht zu Ende. Es ging noch viel weiter.

Mit jedem Kilometer, den sie liefen, hatte ich mehr Respekt vor diesen Menschen. Sie waren noch ein einziges Mal mit der Fähre gefahren, doch den Rest der Strecke hatten sie zu Fuß zurückgelegt. Jedes Mal, wenn der Junge nicht mehr laufen konnte, nahm der Vater ihn auf die Schultern und lief alleine den beschwerlichen Weg. Den größten Teil der Strecke liefen sie bei Tageslicht, doch manchmal liefen sie selbst nachts noch weiter. Sie schliefen zu wenig, versuchten mit den anderen mitzuhalten, die dieselbe Strecke liefen, wie sie. Immer wieder begegneten sie einigen Einheimischen, die sie mehr oder weniger skeptisch in Empfang nahmen. Auch viele Polizisten waren auf ihrem Weg postiert, doch sie griffen nicht ein. Sie standen einfach nur daneben und passten auf, dass sie nichts anstellten. Die Reisenden versuchten die Einheimischen und Polizisten, soweit es ging, zu ignorieren. Eigentlich lief ihre Reise problemlos. Der Vater klagte nie über seine Schmerzen, obwohl sein Körper von der Anstrengung gezeichnet war. Sie waren schon so weit gekommen, jetzt konnten sie nicht mehr zurückkehren. Nicht bei der Situation, die bei ihnen zu Hause herrschte. Viele Hunderte Kilometer sind sie bereits gelaufen und es schien so, als gäbe es kein Ende. Ob sie jemals daran zweifelten, ihr Ziel zu erreichen?

Sie alle hatten das gleiche Ziel. Das letzte Stück der Reise durften sie im Zug verbringen. Immer wieder, wenn sie eine Grenze erreichten, wurden sie kontrolliert. Nachdem der Zug gehalten hat und alle ausgestiegen sind, waren sie glücklich. Sie waren sich sicher, dass sie nun in Sicherheit waren. Hier konnte ihnen nichts mehr passieren. Doch für einige von den Tausenden Menschen hier ging die Reise noch weiter. Auch der Vater und Sohn wurden in einen Bus gesteckt und setzten so ihre Flucht fort. Sie blieben im Land, doch sie wurden in eine andere Stadt gebracht, denn es war zu wenig Platz für so viele Menschen.

Die Sonne erschien langsam am Horizont und die beiden wachten allmählich auf. Eine schnelle Bewegung des Jungen riss mich aus meinen Gedanken. Er hielt sich eine Hand vor die Augen, das Tageslicht kam für ihn zu früh, denn er war noch immer müde. Sein Vater lächelte ihn an und setzte sich auf seine Matratze. Seine Beine taten ihm weh von der anstrengenden Reise, doch er war glücklich, dass sie sich nun keine Sorgen machen mussten. Er holte erneut das Foto aus seiner Hosentasche. Bereits mit dem ersten Blick darauf, fing er an zu weinen. Sein Sohn kam hinzu und schaute ebenfalls auf das Bild. Er setzte sich so, dass ich zum ersten Mal auch einen Blick darauf werfen konnte. Es zeigte den Mann mit seiner Frau und seinem Sohn. Mit dem Finger strich er über das Bild, an der Stelle, auf der seine Frau zu sehen war. Sie war eine schöne junge Frau, auf dem Foto wirkten sie glücklich. Der Vater drückte seinen Sohn ganz fest an sich heran und klappte das Foto zusammen. Wieder weinte er. Sie wollten nicht hier sein. Doch es blieb ihnen nichts anderes übrig. Zu Hause hatten sie nicht bleiben können. Doch sie hatten die Hoffnung, bald wieder dorthin zurückkehren zu können.

„Das war das Einzige, was ihnen noch blieb: Die Hoffnung nicht zu verlieren.“

Epilog: 10. Januar 2017: Pazifischer Ozean:

Langsam und in aller Gemütlichkeit begann die Sonne die Linie des Horizonts zu durchbrechen und stieg gen Himmel. Die Nacht war vorbei und die ersten Sonnenstrahlen kündigten den jungen Tag an. Heute auf den Tag genau waren es 25 Jahre. Ein Vierteljahrhundert voller Freiheit, in dem ich die ganze Schönheit des Lebens erfahren durfte. Es kam mir so vor, als hätte ich vorher nie gelebt. Jeden Tag aufs Neue genoss ich die kühle Brise, die mich umwehte, den Regen, der auf meinen Körper prasselte, oder die Sonne, die mir ein Gefühl von Wärme und Geborgenheit gab. Ich war fast die ganze Zeit alleine gewesen, doch ich hatte mich daran gewöhnt und empfand die Ruhe als entspannend. Einige Fische begrüßten mich heute Morgen und schwammen aufgeregt um mich herum. Es kam nicht oft vor, dass ich meine Gedanken schweifen ließ, doch der Anblick der halbrunden Sonne, die gerade aus dem Meer austrat, regte meine Fantasie an. Ich fragte mich, wie weit mich das Meer noch tragen würde, wo meine Reise irgendwann enden würde und ob sie überhaupt eines Tages zu Ende sein würde. Ich fragte mich, ob an jenem Ende auch die Sonne scheinen und mich erfreuen würde. Ich wusste es nicht und die Neugierde angesichts der Ungewissheit quälte mich ein wenig.

Eine kleinere Gruppe Vögel flog über meinen Kopf hinweg. Für einen kurzen Moment musste ich lächeln, ehe ich wieder auf die Sonne blickte,

195

die nun bereits zu drei Vierteln aus dem Meer ragte. Die Tiere waren meine ständigen Begleiter und falls es doch mal einen Moment ohne sie gab, so erfreute ich mich umso mehr, wenn ich sie wieder traf. Sie zeigten mir, dass es sich nicht lohnte, sich Gedanken darüber zu machen, was alles passieren könnte. Es galt, das Jetzt zu genießen. Für Sorgen war das Leben zu schön. Ich ließ alles Weitere auf mich zukommen. Noch immer war ich neugierig, was mich erwartete, doch es störte mich nicht, die Zukunft nicht zu kennen.

Bei der Fröhlichkeit, die mich durchströmte, vergaß ich die Zeit. Ich hatte meine Augen geschlossen und öffnete sie nun wieder, um weiter die Sonne zu beobachten. Das Wasser flirrte leicht am Horizont, während die Sonne dahinter das letzte Stück des Himmels erklomm und sich nun vollständig aus dem Wasser erhob. Ich war glücklich und lächelte. Wieder schloss ich meine Augen. Trotzdem sah ich noch immer. Ich sah die Sonne, das Meer und den Himmel. Die Bilder hatten sich in mein Gedächtnis gebrannt. Es sind schöne Erinnerungen, die mich immer begleiten werden. Es fiel mir leicht, die Augen wieder zu öffnen, doch die Bilder stimmten nicht überein. Es war nur eine Kleinigkeit, doch weit entfernt standen die ersten kleinen Wölkchen am Himmel. Sie allein hatten noch keine Auswirkungen, doch ich wusste, dass schon bald die dunklen Wolken aufziehen würden.

Fortsetzung folgt...